गुच्छा

कहानी संग्रह

डॉ० चंदेश्वर सिंह

Made with ❤ on the Notion Press Platform
www.notionpress.com

इ श्रद्धा-सुमन

पूजनीया माँ स्व० इंद्रावती देवी, जे गणेश चतुर्थिये के दिन स्वर्ग गमन कर
पंचतत्व में विलीन हो गेलन हल, के समर्पित हे।

क्रम-सूची

दू शब्द अप्पन विषय में

हम प्रारम्भे से विज्ञान के छात्र रहली हे आउ गणित में विशेष अभिरुचि हल। एकर बावजूद साहित्य से लगाव हल। इस्कूल के समय में दू गो कविता लिखली हल जेकरा इस्कूल के सांस्कृतिक समारोह में पाठो करली हल। दिनकर जी के रश्मिरथी, बच्चन जी के मधुशाला आउ गोस्वामी तुलसी दास के रामचरित मानस के अलावा पत्रिका के कहानी बड़ी चाव से पढ़s हली। जब एम० एस-सी० पास कयला के बाद पी० एन० के० कॉलेज, अछुआ में व्याख्याता नियुक्त भेली तब पालीगंज में रहे लगली आउ अप्पन भाषा मैथिली छोड़कs मगही बोले लगली।

डॉ दिलीप कुमार, मगही विभागाध्यक्ष, पी० एन० के० कॉलेज, अछुआ (पटना) आउ हिंदी विभागाध्यक्ष डॉ अभिमन्यु प्रसाद मौर्य जे मगही पत्रिका 'अलका मागधी' के सम्पादक हथ, के साथ रहे से मगही साहित्य के सम्मेलन आउ संगोष्ठी में शामिल होवे लगली जेकरा से मगही साहित्य में अभिरुचि बढ़ गेल आउ कविता कहानी के रचना करे लगली जेकरा में दू गो कहानी मगही पत्रिका आउ किताब में प्रकाशित होलक हल। हाइकू संकलन 'तितकी' में हाइकू संकलित हे।

के० एस० एस० कॉलेज, लखीसराय में व्याख्याता के पद पर नियुक्ति के बाद वर्ग के बोझ आउ कॉलेज के अन्य काम के बोझ एतना बढ़ गेलक कि साहित्य से सम्पर्क लगभग टूट गेलक। कॉलेज से एसोसिएट प्रोफेसर के रूप में सेवानिवृति के उपरांत कॉलेज के कार्यबोझ से मुक्त हो गेली तs हमर लइकन सब फेर से साहित्य से जुड़े ला कहे लगलन।

हमर अभियंता पुत्र नवनीत नमन के प्रेरणा, उत्साहवर्धन आउ प्रूफ रीडिंग में कड़ा मेहनत के परिणाम हे इ कहानी संग्रह 'गुच्छा' जेकरा में अपना अनुभव के घटना के कहानी रूप के साथ-साथ उपदेश परक काल्पनिक कहानी संकलित हे।

अप्पन धर्मपत्नी श्रीमती विमला कुमारी आउ सुपुत्र कृष्ण कुमार दीपक के प्रति आभार व्यक्त कर रहली हे जे हमरा प्रोत्साहित करित रहलन हे।

पाठकगण से निवेदन हे आउ विश्वास हे कि उ अप्पन प्रतिक्रिया जरूर भेजतन।

डॉ चंदेश्वर सिंह

1

आदमी बड़ा इया देवता

एगो जंगल में एगो हाथी के झुंड रहs हल। एक दिन उ झुंड छोड़ के एगो बच्चा मस्ती में खेलइत दौड़इत झुंड से भटक गेल आउ जंगल के बाहर निकल गेल। हाथी के एगो सुंदर बच्चा के देखके लइकन सब ओकरा पकड़े लागी खदेड़े लगलन। उ हाथी के बच्चा पकरायल तs न बाकि उ बगल के दोसर जंगल में चल गेल। उहाँ उ अकेला हल से ओकरा खाय लागी मुलायम पत्ता आउ लज़ीज़ घास मिलइत हल। उ मन भर घास खाये आउ झरना के निर्मल पानी पिये। कुछे दिन में मोटा तगड़ा वयस्क हाथी बन गेल आउ दिन भर मस्ती में पूरे जंगल में हड़कंप मचावित घुमित रहs हल। एक दिन ओकरा पर एगो शिकारी के नज़र पड़ गेल। शिकारी उ हाथी के जाल में फंसा के पकड़ लेलक। उ हाथी एतना सुंदर लगs हल कि शिकारी जादे इनाम पावे लागी ओकरा राजा के पास पहुँचा देलक।

राजा के पास उ हाथी एगो घेरा में बंद कर देवल गेल। कई दिन तक उ बड़ी उदास रहs हल बाकि ओकरा पीपल, बरगद के कोमल पत्ता, पकल केला आउ लड्डू खाय लागी देवल जाय लगल तs उ इहाँ पर भी मस्ती से खाय पिये लगल आउ एगो मोटा तगड़ा, बड़ा हाथी बन गेल। एक दिन ओकर पूरे देह के रंगल गेल, रंगीन कपड़ा आउ फूल से सजावल गेल। ओकरा पर राजा के सवारी निकलल राज में घूमे ला। बाहर सड़क पर लोग राजा के हाथ जोड़के प्रणाम करे तs हथिया समझे कि लोग ओकरे आगे हाथ जोड़के प्रणाम करइत है। उ गर्व से इतराय लगल। अइसहीं राज दरबार में ओकर कई साल गुजर गेल राजशाही में।

इ धरती पर परकीरती के एगो नियम बनल है। कउनो जीव के जनम होवs है, फेर उ सयाना इया जवान हो जाहे आउ जिंदगी के मस्ती लूटs है। फिर बूढ़ा हो जाहे आउ एक दिन ओकर ई धरती, दुनिया में देह छोड़ के चल जाय पड़s है मतलब की

उ मर जाहे। समय बीते के साथ उ हाथी भी बूढ़ा हो गेल आउ एक दिन यमदूत ओकरा ले जाके धर्मराज के भीर पहुँचा देलक।

जइसन कि धरमशास्त्र में लिखल हे कि जब कउनो जीव के मृत्यु हो जाहे तs यमदूत ओकर आत्मा के धर्मराज के पास ले जाहे। धर्मराज जी ओकर जिनगी भर के करम के हिसाब किताब करs हथिन। यदि कउनो जीव दान, धर्म, परोपकार आउ भगवान के भजन करs हे तs ओकरा सरग में भेजल जाहे जहाँ ओकरा बाकि सुख सुविधा देवल जाहे आउ जे जीव गलत सलत काम करs हे, दोसरा के सतावs हे, भगवान के भजन पूजा पाठ से दूर रहs हे, अपना स्वार्थ में दूसरा के हत्या करे में भी न हिचकs हे, उ सबके नरक में भेजल जाहे जहां ओकरा घोर कष्ट देल जाहे। शायद इ सब शास्त्र में लिखल हे जइसन कि कथावाचक लोग कहs हथीन। ओहे नियम में धर्मराज जी हथिया के खाता बही देखके कहलन, "तोरा नरक में जाय पड़तऊ।"

हथिया इ सुनते सोच में पड़ गेलक। उ सोचे लगलक, उ जिनगी भर मौज़ मस्ती भले ही कइलक हल बाकि केकरो कुछो बिगारलक तs न हल।

"हे धर्मराज महाराज, हमरा से अइसन कउन अपराध हो गेलक हे कि नरक में भेजल जाइत ही ?" हथिया गिड़गिड़ाएल।

धर्मराज जी बोललन, "तूं तो जिनगी भर खाय पीये, मस्ती करे के अलावा साढ़े तीन हाथ के जीव यानी आदमिया के ढोवित रहलें आउ ओहि में घमंड में चूर रहले। कहियो धरम करम न कैले हे आउ उ तोरा कहियो भगवान के यादो न आयल। अब तोरा नरक न मिलतउ तs आउ का।"

हथिया के दिमाग तेज़ चले लगलक आउ कहलक, "जी महाराज! अपने कहियो साढ़े तीन हाथ के जिन्दा जीव के फेरा में पड़बे न कइली है। नs तs अपनहुं के बुझा जाइत हल कि कइसन होवs हे ई जीव। ओकर फेरा में कबहू पड़ती हल तs अपनहुं के सब करम-धरम, दान-परोपकार, भगवत भजन सब भुला जाइत हल। धरती पर तो ओहि साढ़े तीन हाथ के जीव देवता तs छोड़s, उ भगवानो से बढ़ल हे। ओकरे बनावल कानून से समूचे दुनिया चलs हे।"

धर्मराज जी हथिया के ई बात सुनके अकचकैलन कि ब्रह्मा जी के सृष्टि में अइसनो हो सकs हे आउ हथिया के बात के जांचे ला एगो दूत के धरती पर भेजलन एगो आदमी के पकड़ के लावे ला। पलक झपकइत यमदूत धरती पर आ गेल आ एगो अदमी के खोज में लग गेल। ओकरा धरती पर भेजल जा हलक जिनगी के समय पूरा कर लेबे वाला जीव के आत्मा लावे ला बाकि ई बार एगो जिन्दा आदमी के ले जाये ला हल। कुछे दूर पर ओकर नज़र एगो लाला जी पर पड़ल। लाला जी

घामा में एगो चउकी पर बइठ के नाक के ठोर पर चसमा लगैले कउनो हिसाब किताब में लगल हलन। उ अपन काम में अइसन व्यस्त हलन कि उनका पतो न चलल कि उनका निकट कउनो आयल हे।

"तोरा धर्मराज जी के हियाँ बोलहटा हबs। जल्दी चलs।" यमदूत लाला जी भीर जाके कहलक।

लाला जी समझ गेलन कि उनकर जिनगी के अंतिम घड़ी आ गेल हे। उ कुछ सोचलन आउ फिन कागज़ के टुकड़ी पर कुछ लिख के धोकरी में रख लेलन आउ यमदूत के साथे चल देलन। लाला जी बचपने से लिखा पढ़ी के काम करs हलन आउ हिसाब किताब आउ समझदारी में नंबर एक हइये हलन। उ अपन अंतिमो समय में एगो दांव खेललन। यमदूत तुरतही उनका धर्मराज के सामने पहुँचा देलक। धर्मराज के रूप ढंग देखके लाला जी के तनिक घबराहट जइसन महसूस होलक बाकि तुरते सचेत हो गेलन आउ धर्मराज के सामने सीधा खड़ा होके फटाक सिन अपन धोकरी से कागज़ के पुरजा निकाललन आउ धर्मराज के हाथ में थम्हा देलन। धर्मराज उ पुरज़ा पढ़े लगलन। पुरजवा में लिखल हल, "ई चिठ्ठी मिलतही अपन आसन छोड़ के ई महानुभाव के आदर सहित आसन पर बइठा देल जाए।" पुरजवा के निचे विष्णु भगवान के हस्ताक्षरो हल।

चिट्ठी पढ़इते धर्मराज जी संसय में पड़ गेलन बाकि आदेश हल भगवान विष्णु के, से उ लाला जी के हाथ जोड़के प्रणाम कएलन आउ आदर के साथे उनका आसन पर बइठा देलन। धर्मराज के सिंघासन पर बइठइते लाला अपन पहिला आदेश जारी कइलन कि सरग-नरक के दरवाज़ा खोल देवल जाये। नरक के सब जीव-जंतु झट से सरग में घुस गेल। ओकर बाद सभे आत्मा के आजाद कर देवल गेल जेकरा से धरती पर के मरलाहा जीव जेकर लाश अभी तक ठीक ठाक हल, जिन्दा हो गेल आउ बाकी आत्मा सरग में जम गेलक।

लाला घूमके दोसर तरफ ताकलन तs देखाई पड़ल कि एगो बड़का घर में ढेर मानी दिया जलइत हल। लाला जी के याद आयल कि धरती पर ढेर मानी दीया तs दिवाली के दिन जलावल जाहे आउ दीया घर बाहर सब जगह जलावल जाहे बाकि हियाँ तs सब दिया घर के अंदरे जलइत हे। जब समझ में न आयल तs लाला जी दूतवा से पूछलन, "ई सब कउची हे?"

"ऊ सब धरती पर के जीव-जंतु के जिनगी हे। जउन दिया में जादे तेल हे ओकर लम्बा जिनगी बचइत हे। जे दिया में तेल कम हे, उ जीव के जिनगी के दिन ख़तम होबे वाला हे। जउन दिया बुता जाहे ओकर जिनगी के दिन पूरा हो जाहे आउ ओकरा धरती पर से उठवा लेल जाहे।" दूतवा आदर के साथ जवाब देलक। लाला जी के

आदेश पर सभे दिया में पूरा तेल भरवा देल गेल।

अब तs सरग-नरक में सब नियमे उलट-पुलट हो गेल। धरती पर न कोई जीव मरइत हल आउ न केकरो जलम होइत हल। धरती पर के सभे जीव, पेड़ पौधा अजर अमर हो गेलक। सृष्टि आउ परकीरती के नियम बदल गेल तब धर्मराज जी भगवान विष्णु से शिकाइत कयलन आउ पूरे कहानी सुना देलन। भगवानो अकचका गेलन लाला जी के कहानी आउ कारनामा सुनके आउ तुरतही लाला जी के सामने आ गेलन। भगवान के साक्षात अपना सामने देखइते लाला जी अपना आसन से उतर के उनकर गोर पर गिर गेलन। बाकि संसार के नियम के उलट-पुलट होबे के कारण से भगवान बिखनायल हलन, से गोस्सा में आदेश देलन, "ई परकीरती के दुश्मन है। ब्रह्माजी के नियम के तोड़े के दुस्साहस कैलक हे। ई ललबा के फ़ौरन घोर नरक में डाल देल जाय।"

भगवान के आदेश सुनइते लाला जी तनी मुस्कयलन आउ अपना धोकरी से एगो पुरज़ा निकाल के विनम्र भाव से भगवान के हाथ में देके कहलन," एकरा पर दस्खत कर देवल जाये।"

लाला जी के एगो नया चाल पर भगवान मने मने मुस्कयलन आउ पूछलन, "दस्खत लेके तूs का करबs।"

अब लाला जी घुटना के बल बइठ के दुन्नो हाथ जोड़ के शांत भाव से कहलन, "ई पुरजा लेके हम नरक में इया धरती पर, जहाँ भेजल जायत उहाँ जाएम आउ उहाँ के जीव से कहम कि जे वेद, पुराण, गीता, रामायण, कुरान, बाइबिल, आउ जेतना धरमग्रंथ हे उ सब गलत है। काहे कि ई सब में लिखल हे कि एक बार भगवान के नाम लेला से सब पाप मिट जाहे। वाल्मीकि के मरा-मरा बोलइत बोलइत राम-राम बोला गेल हल तs उ महर्षि बन गेलन। रावण, कुम्भकरन जइसन खूंखार अधर्मी राक्षस जब राम के हाथ से मारल गेलन तs परमधाम गेलन। मीरा भगवान कृष्ण के भजन में मगन हल तs विष के भी पचा देलक। ऋषि-मुनि जलम-जलम तक तपस्या करित रहs हलन तइयो भगवान के दर्शन न होवs हल आउ जिनका भगवान के दर्शन के सौभाग्य मिल जा हल, उनका जनम-मरण के बंधन से मुक्ति मिल जा हल आउ उ सब विष्णुधाम पहुँच जा हलन। मतलब ई कि भगवान के एक बेर दरसन हो जाये से जनम-मरण के झंझट खत्म हो जाहे आउ जीव के परमधाम इया मोक्ष मिल जाहे। बाकि हमरा भगवान के साक्षात दरसन भेल आउ उनकर चरण स्पर्श के सौभाग्य भी मिलल आउ भगवान खुदे हमरा नरको भेज दे रहलन हे । ई पुरजा एकरे प्रमाण होएत।"

लाला जी के जबाब से भगवान के ठरमुरकी लग गेल। उ सोचे लगलन कि ब्रह्मा जी ई कइसन समझदार आउ चालाक जीव के बनैलन हे जे बाकी सब जीव के अपना वश में कर लेहे। कुछ देर बाद उ लाला जी के अपना साथे विष्णुलोक में लेले चल गेलन।

अब धर्मराज जी अपना आसन पर विराजमान होके फिन से अपन काम धाम देखे लगलन आउ जरुरी आदेश देवे लगलन। अब हथिया धर्मराज के देखके मुस्कएलक आउ पुछलक, "महाराज! अब तs अपने साढ़े तीन हाथ के जीव के कारनामा देखिये चुकली हे। एकरा बाद हमरा विषय में अपने के का निर्णय हे?"

2

असल फयदा में के रहल

एक दिन व्हाट्सऐप विश्वविद्यालय में इतिहास पढ़ित हली। एगो नया इतिहासकार के अनुसार भारत में अइसन एगो राजा हलन जे बहुत बहादुर आउ साहसी हलन आउ अपना सेना के बल पर दुनिया में धाक जमैले हलन बाकि इतिहास में कहीं चर्चा न हे। अइसने-अइसने अनेको राजा के चर्चा पढ़ली जिनकर पहिले के भारत के इतिहास में नाम न आयल। इ नयका इतिहासकार सबके शिकायत हे कि पहिले के इतिहासकार सब विदेशी लुटेरवन के महान राजा इया बादशाह के रूप में महिमा मंडन करित हलन। हमहुँ सोचे पर बाध्य हो गेली कि जब अपना देश में अइसन महान लड़ाकू बहादुर राजा सब हलन तऽ हमर देश पराधीन कइसे हो गेल। एही उधेड़बुन में सोचित हली कि दिमाग में एगो कहानी आ गेल।

एगो जंगल में एगो सियार घात लगैले हल एगो खूब सुंदर पियारा खरगोश पर जे नदी किनारे पानी पिअइत हल। तनी देर बाद ओकरा जब सब ठीके लगल तऽ निशाना लगा के कूद पड़ल खरगोश पर पकड़े लागी। ओही समय ओही खरगोश पर घात लगवले एगो मगरमच्छ भी झपट्टा मारलक। इ महासंयोग भेल कि खरगोश साबुत बच गेल आउ सियार पहुंच गेल मगरमच्छ के मुंह में। खरगोश के इ सब देखकऽ ठरमुरकी लग गेल, उ जेकरा से भागहुँ न पावित हल बाकि खुश हल की जीवित बचल हल। उ खड़ा होकऽ दुन्नो के तमाशा देखे लागल। मगरमच्छ के आदते होबऽ हे शिकार के दाबकऽ पानी में खींच लेबे के आउ पूरे तरह से अपन कब्ज़ा में लेबे के। सियार के कुछो न बुझयलक कि आखिर होलक की आउ मगरमच्छो मन में बइठैले हल खरगोश के आकार। पानी में डुबकी लगावे से पहिले तनी भरमा गेल। अपन थुथुन पानी से उपर करके एक पाटी के आँख से देखलक कि खरगोशवा तऽ जमीने पर हे। ओकरा साथे एकदम अइसन होलक कि किरकेट

के गेंद पकड़े ला गेंद के ठीक नीचे तैयार खड़ा हल आउ अचानक फुटबॉल आ गेल हाथ में।

बीच नदी में पहुँच के मगरमच्छ अपन मुंह पानी से बाहर निकाललक इ देखेला कि अचानक मुंह में कउची फंस गेल। पानी से बाहर अवते सियरवा साँस लेलक आउ फेर मगरमच्छ के देख के डर के मारे चिल्लाय लगल। सियरवा के चिल्लाहट सुनकs खरगोश के होश आयल आउ बड़ी तेज चाल से भाग गेल। यहाँ मगरमच्छ सियरवा के डाँटलक, "चिल्लाइत काहे है। एक तs डेरा देले हमरा। समझे में न अयलक कि कहां आउ कउची फंस गेल मुंह में हम्मर। हम तs खरगोश के पकड़ित हली। न जानी तू कहां से आ गेले।"

सियार बोललक, "हम कहां से आ गेली? हम तs हूँए हली खरगोश के पकड़े ला आ तू बीचे में मुंह घुसा देले। एकदम पगले है कि देखाइये न परलs के कउची के पकड़ लेले है।"

मगरमच्छ कहलक, "हम कहाँ से देखम। हमर आँख तs दुन्नो तरफ उपर कोना में है। तोरा नs धेयान देबे के चाहीं कि कइजा कुदित ही।"

"उल्टे चोर कोतवाल के डांटे। एक तो हम्मर खाना के मौका गेल आउ उपर से गिल्ला कर देले। जल्दी से किनारे छोड़ हमरा। जाड़ा लगइत है जोर से।" सियरवा आँख पोछित बोललक।

"अब कहाँ जयबे किनारे। अब पकड़ाइये गेले है तs तुहीं बन जो हमर आज के शिकार। अब कहाँ जायम दुबारा मेहनत करे। आज तोरे से काम चला लेही। सवदगर मांस न मिलल तs का।" मगरमच्छ तनी सोच के बोललक।

"तू सहिये में पगलायल है। तूहौं मांसाहारी, हमहू मांसाहारी। हमनी शाकाहारी के न खाही रे। एक तs अप्पन इलाका छोड़ हमरा इलाका में आ गेले आउ अब पगलइती बतियाइत है।" सियरवा ढकर के बोललक।

"का? तू मांसाहारी है? हमरा लगल कि तू उ तनी गो जानवर है जे घास खाहे आउ आदमी सब ओकरा दूध ला पालs है आs बाद में ओकरा मारकs, पकाकs खाइयो जाहे। खैर तू कुछो खाहे ओकरा से हमरा का? हमरा तs अप्पन पेट पूजा से मतलब है। कहाँ उ तनी गो खरगोश आउ कहाँ तोहर बरका गो मोटायल देह। हम्मर दोहरौनियो हो जायत तोरे से । दोबारा साँझ में पकड़ा-पकड़ी न करे परत आउ फिनु बाद में छोड़ देम बचलका हड्डी धरतीये पर। सुनली है कि धरती के एगो जीव है सियार जे बचलका हड्डी गुड्डी सब खा जाहे। तनी सा पुण्यो के काम हो जाइत।" मगरमच्छ जबाब देलक।

"अरे पगला हमहीं न उ सियार ही। गजब के बुरबक जीव हे तू। हमनी के बीच ठीके कहल जाहे कि कि जलपार वाला सबके दिमाग घुटना में होबs हे। हमहीं उ बचलका के खतम करs ही। आज किस्मत फुटल हल जे आज कोशिश कइली अपने से शिकार करे के।" सियरवा रोवे के नकली नाटक करीत बोललक।

"तनी अप्पन आकार आ ताकत देखिये के बोल। इ जे कुच्छो बकइत जाइत हे उ एके पंजा के वार से शांत हो जतउ।" मगरमच्छवा दबारल अपना तरीका से।

सियरवा अब मान लेलक हल कि ओकर अंत आ गेल हे। उ धूर्त तs हइये हल। एगो आखिरी कोशिश कयलक बचे के। उ मगरमच्छ के एगो प्रस्ताव देलक कि यदि आज ओकरा छोड़ देवल जायत तs उ मगरमच्छ के आँगुर मांगुर मछरी पर न बल्कि रोज नया-नया किसिम के जनावर के भोग चढ़ावत आउ ओकरे बचल कुचल से ओकरे काम चल जाइत। मगरमच्छवा के इ प्रस्ताव निमन लगल आउ कसम दिलाके छोड़े ला तैयार हो गेलक। अइसहुँ उ सियार के कसाइन मांस खाहु न चाहित हल। फेर मगरमच्छ सियरवा के किनारे लेजा के छोड़ देलक।

मगरमच्छ अपना बिरादरी में जाके इ बात बतयलक तs एगो बूढ़ा मगरमच्छ कहलक कि केतना बुरबक हे रे तू। तोरा दुनियादारी से तनको लेना देना न हउ। एगो धुरुत सियरवा तोरा उल्लू बना के चल गेल। उ जमीन पर रहे वाला धुरुत सियार तोरा से करल वादा काहे निभतवs। ओकरा तोरा से का फायदा इया नुकसान हो जतइ। पानी में तोहर चाहे जेतना रफ्तार हउ आ अपना के जेतना पहलवान समझित हे बाकि जमीन पर तो तोहर चाल एगो चुहवो से कम हे। सियार के शेरबा से संधि पहिलहीं से हे। उ जमीन पर रहे वाला खूंखार जानवर से दुश्मनी मोल नs लेतउ आउ तूहों जमीन पर शेरवा से लड़ नहिये सकs हे।

मगरमच्छ जबाब देलक, "अपने ध्यान न देली चचा। हमनी के जमीन पर जाना कौनो जरूरी न हे बाकि उ सब पानी पियेला नदिये में अयतन। अगर हम्मर बात न मानत तs आज न बिहान फेर से धर लेम ओकरा। इ बार गलती से छूट गेल बाकि अगिला बेर पूरे तइयारी से आक्रमण करम आउ शेरवा से लड़े जमीन पर काहे जायम। यदि उ सियरवा के रोके के कोशिश करत तs ओकरो धर लेम जब पानी पिये अयतक। पानी के अंदर तs हमनी से कोई प्रतियोगिता न हे।"

"प्रतियोगिता तs हइये हे। उ हे दिमाग के जे तू लोग के खतम हो चुकल हे जे एगो सियरबा बुरबक बनाके फूट लेलक। आउ तोहनी सब हिंये पर सूत के जंगल के संतुलन बिगाड़ के लड़े के योजना बनावित हे।" बूढ़ा मगरमच्छ बोललक।

"तोहर समय गेलवs, अब हमनी के मौका आयल हे रोज नया-नया स्वाद चख्खे के आउ अपन असली ताकत देखावे के। जेकरा-जेकरा हमरा साथ आवेला हे

उ सब हमरा साथ चले आउ जेकरा मुट्ठी भर तितका पोठिया चिबाबे ला हे, उ सब हिंये रुके।" मगरमच्छ जोर से बोललक।

सियार इ पानी वाला मुसीबत बुझित हल। उ अगिला दिन एगो हिरण के बहला फुसला के ओहि जगह ले अयलक ई कहकs कि उ एगो अइसन घाट जानs हे जहां के पानी साफ आउ मीठा हे। सियार कौनो जानवर के बहला के शेर भीड़ ले जाहे, इ तs सब जानित हल बाकि उ हिरण इ नs समझ पयलक कि इ सियरवा झूठ बोलके कहीं और फंसावत, से बहल गेल आउ सियरवा के साथे नदी के ओहि जगह चल गेल जहां मगरमच्छ घात लगैले हल। मगरमच्छ के पूरा दल पार्टी मनैलक उ हरिण के पकड़ के आउ तनीसा हड्डी-गुड्डी में लगल मांस सियरवो के दे देलक। सियार पहिले जइसन एगो जानवर के शेरवो के पास पहुँचयलक आउ ओहूँ से हमेशा निअर छोड़ल जूठा मिल गेल। अब सियार के दोगुना खाना मिले लगलक। दोसरो सियार अब इहे करे लगलक आउ खा-खाके खूब मोटा गेलक।

एक दिन शेर के पता लग गेल इ बात। उ सियार के बोलवैलक आउ उ सियार के दगाबाजी पर खूब खिसिआयल। उ मगरमच्छ से लड़के भगा देवे इया मार देबे के बात कहलक।

सियार अब असमंजस में पड़ गेल बाकि बड़ा मक्कारी से शेर के समझयलक, "इ सब करे से अपने के का मिलत सरकार। दांव उल्टो पड़ सकs है। हम्मर मानीं त अपनहुँ मगरमच्छे के राजा मान लीं। हमनी के पानी के जरूरत परबे करत आउ उ कभी जमीन पर राज करे त आवत नs। जमीन परके राजा तs अपनहीं रहम। हम कल से एगो काम करम कि जानवर के फुसला के अपनहीं के पास लायम। अपने अपना मतलब भर खाके बचलका मगरमच्छ के दे देम। हम तs अपने लोग के आसीरवाद से जइसे जियइत ही, ओइसहीं जियइत रहम आगहू।"

शेर कुछ सोचलक आ लड़ाई झगड़ा से बचे ला सियार के सलाह मान लेलक। ओकरा पहिले निअर अपना मतलब के चीज मिलिए जाइत हल, राजा भी कहावित हल जमीन के भले ही बरका सम्राट अब मगरमच्छ हो गेल हल। पानी पीए के मजबूरी तs हइये हल आउ लड़ाई हार जाय के चांस जादे हल।

सियार दुन्नो पार्टी में समझौता करा देलक। शेर आउ मगरमच्छ के अब बिना मेहनते के आसानी से शिकार मिल जाइत हल। बाकि अब तिगुना मजा तs सियार के हो गेल। उ शिकार वाला जानवर तनिसा खुद रख लेवल करs हलक। फिर शेर ओकरा हिस्सा दे देवे तनी मानी आउ अपना मतलब के खाके मगरमच्छ के भोजन देवे तs सियार के फिर हुओं से मिल जाये कुछ न कुछ।

इ कहानी पूरे तौर पर काल्पनिक हलक। हमरा उम्मीद हे कि अपने सब के निम्मन लगल होत। एकरे से मिलइत एगो और कहानी सोचाइत हे जे शायद सच्ची घटना के करीब हो सकs हे।

भारत देश छोटा-बड़ा राजा इया बादशाह के राज्य के रूप में बंटल हल। अंगरेज़ व्यापारी बहुत पहिले से मसाला आउ हथियार के कारोबार करs हलन। जब इ कारोबार बढ़ गेल तs अंगरेज हाकिम एगो सरकारी कंपनी खोल देलक ईस्ट इंडिया कंपनी के नाम से आउ सब व्यापार एकरे से करेला नियम बना देलक। असल में उ सब भारत पर कब्ज़ा चाहित हल आउ उहे से कंपनी के सुरक्षा के नाम पर फ़ौज रखे लगल आउ देश के आंतरिक राजनीति में दखल देबे लगल छोट मोट राज सबके अंगरेज़ हुकूमत में मिलावे लागी। अलग-अलग राज के हथियावे लागी किसिम किसिम के हथकंडा अपनावित हलन।

उहे समय एगो किसान ढेर मानी मसाला बेचलक जेकरा से ओकरा थैली भर सोना के फायदा होलक। ओकरा पास एतना सोना देखकs एगो धुरुत आदमी जेकर नाम शिखर हल, के तेज दिमाग तेजी से चले लगलक। शिखर मौका देखके ओकर सोना चोरावे के योजना बनयलक। जइसही शिखर रात में किसान के घर में घुस के सोना चोरावे वाला हल कि वहीं पहिले से घात लगैले अंगरेज मैथ्यू ओकरे किसान बुझ के धर लेलक आउ सोना मांगे लागल। शिखर बोलल कि हम किसान थोड़ही ही, हम सोना चोरावे अइली हल।

मैथ्यू देखलक कि उ आदमी ढेर मानी सोना के अंगूठी आउ चेन पहिनले हे से उ बोललक, "तू चाहे जे भी हे, हमरा मतलब हे पइसा आउ सोना से। तोरे पकड़कs लेले चल हीs अप्पन अड्डा पर आउ तबहिये छोरम जब तू ढेर मानी सोना देबे। तोरा से लेबल पइसा में से तनी मानी खरच करके कुआं चाहे पइन बनवा देम। सुनली हे हियें के आदमी सब में कोई दलाल हथ जीहजूरी करे वाला। ओकरे से इ सब काम करवा के पुण्यो कमा लेम।"

शिखर बोललक, "हमहुँ तs ओइसने दलाल ही। हम्मर रंग चाहे अलग हे बाकि काम एक्के जइसन है, गरीब किसान सबके लुटे वाला आ तू हमरे लुटबs।"

मैथ्यू कहलक, "हमरा तs लगल कि तू तनी बड़का किसान हे जेकरा से राजा सब लगान वसूलs हथ। तू चाहे दलाल हे या किसान, तोरा पास ढेर पइसा तs हइये न हउ। चल साथे हमनी के अड्डा पर आउ मंगवाओ पइसा।"

शिखर दिमाग चलैलक आउ कहलक, "हमरा आज लूट के अपने के का मिलत, हज़ार पांच सौ रुपैआ। हम अपने के किसान सब के लगान दियावल करम। जे किसान समय से लगान न देत, ओकर जमीन नीलाम कराके हड़प लेल जायत

अपने के ताकत से। कहाँ अपने लोग मिरचाइ आउ धनिया बेच के तनी-मानी कमा हथीन।"

मैथ्यू के इ बात बड़ी समझदारी के लगल। उ शिखर के छोड़ देलक आउ अप्पन गुट में बतैलक सबके। एगो बूढ़ा अंगरेज़ कहलक कि तू बेवकूफी कयले, जे मिलित हलउ, ले लेते हल। उ तोरा लगान काहे दिवावत। उ तs दलाली करs हे राजा ला आउ जबरदस्ती लगान तसिलs हे आम आदमी से। राजा के पता चलत तs उ खिसियइतउ। ओकरा पास बहुत बड़का फौज है, खज़ाना है, ओकरा से लइना आउ जीतना मुश्किल हे ओकरे इलाका में।

"तूं भूलित हs कि उ सब आपसे में लड़ित रहs हे आउ एक दूसरा के डुबाबे में लगल रहs हे। तनी सा इज्जत देबs उ दलाल के, तs कुछो करेला तैयार हो जाइत। ओकरा राजा तनिको न लगाबs हे। ओकरा कोई उल्टा सीधा तमगा जैसे गधा बहादुर आउ आम आदमी के पेरे लायक पावर दे देम तs जरुरे तलवो चाटत। रहल राजा के बात तs उ हमनी पर पूरे तरह निर्भर हो चुकल हे व्यापर आउ हथियार ला। चाहे तs शांति से मानत आउ न तs दूसरा राजा से लड़वा देम ओकरा।" मैथ्यू बोलल।

"बड़ा मुश्किल से पांव जमइली हे हमनी हियां पर। कहां तू सबके बर्चस्व बनावे के सोचित हे अप्पन गोरा रंग से। उलटे बुरबक बन गेले एगो करिया इंडियन से। ऊपर से राजा से लड़हूँ के सोच लेले हे।" बूढ़ा अंगरेज़ जबाब देलक।

"बहुत महान काम कयलs हे पांव जमा के बाकि अब आगे बढ़े के समय हे। तनी सोचs कि हमनी के जादे राजस्व मिलत तs हमनी के जल्दिये पदोन्नति होवत आउ हमनी के साम्राज्यों बढ़त जे हमनी के मौलिक धरम हे। जे अंगरेज़ भाई लोग हमरा विचार आउ योजना से सहमत ह उ सब इ बुढ़वा के छोड़ के हमरा साथे चलs।" मैथ्यू कहलक।

जादे अंगरेज़ मैथ्यू के साथे हो गेलन। शिखर तरे-तरे गम लेलक हल कि हियां के राजा एकदमे निर्भर होल जाइत हे अंगरेज पर आउ आगू चलकs एक दिन अंगरेज राजपाठ कब्ज़ियाइये लेतक। अब अंगरेज़ से दोस्ती करल बहुत फायदा देत आगे समय में। उ समय शिखर राजा के हियां नौकरी करs हल। उ किसान आउ वेपारी सब के पास जाके पता करइत हल कि ओखनि के केतना आमदनी होलक हल आउ उहे हिसाब से लगान असूल कs राजा के खज़ाना में जमा करावित हल। बदले में ओकरा कमीशन मिलल करs हल।

अब शिखर दूगो किसान इया वेपारी से एगो के हिसाब राजा के भीर ले जा हल आउ एगो के मैथ्यू के पास। अब दुन्नो तरफ से कमीशन मिले से जादे अमीर होबे

लगल उ।

थोड़े दिन के बाद इ बात राजा के पता चलल तs शिखर के बोलाके बड़ी डाँटलक आउ अंगरेजबनो पर खिसिया गेल। एक तs इ अंगरेज़ सब समुन्दर पार से आके हमरे जमीन पर बसल है आउ हमरे असूली पर नज़र गरावs है। इ सब के मारपीट कs भगा देम चाहे मारिये देम।

शिखर राजा के एगो प्रस्ताव के साथे समझावे लगल कि नतीजा उल्टो पड़ सकs है। कइएक राज्य लड़ के बरबाद हो चुकलन है। अपनहूँ सब के बंदूक, तोप आउ नया हथियार ओखनहीं से खरीदे पड़ित है। कहीं अइसन न होबे कि उ सबके पास जादे खतरनाक हथियार होबे। हम्मर बात मानीं तs उ सबके सर्वोच्च मान लीं। सोंची अपने के केतना फायदा होवत। सब चिंता फिकिर उ सबके। हमनी सब ओखनी के नाम पर जादे लगान असूलम आउ मौज़ से रहम आउ राजा तs अपनहीं रहम।

राजा खूब सोचलक आउ शिखर के बात मान लेलक। शिखर राजा के अंगरेज़ से संधि करा देलक। समझौता के तहत अंगरेज़ सर्वोच्च बन गेल, राजा तs कहावेला राजा रह गेल आउ शिखर एगो जमींदार हो गेलक। अब जमींदार जनता से लूट खसोट करे लगल। अंगरेज़ के नाम पर जादे लगान असूले लागल आउ कुछ भाग अपना पास रखके राजा के दे दे हल। राजा अप्पन ऐसोआराम भर रख के कुछ हिस्सा अंगरेज़ माने ईस्ट इंडिया कंपनी के दे देइत हल। इ सब चलित रहल १८५७ तक जब अंगरेज़ परोक्ष रूप से भारत पर राज करे लगलन हल।

शायद एही परकीरति के नियम है चाहे जंगल के जानवर होवे इया आदमी।

3

छटपटैबे करबs

एक शहर के एक तरफ एक नदी हल। ऊ नदी का हल, ओकरा चौड़गर पइन कहल जा सकs है। बरसात के समय जब खूब वर्षा बरसे तs उ नदी जइसन लगइत हल। बाकी समय में भी ओकरा में कमो बेस पानी रहs हल काहे कि शहर के सभे नाली के पानी ओकरे में गिरइत हल। नदी में हमेशा पानी रहे से नदी के दुन्नो किनार पर पेड़ उगल हल जेकरा से नदी सुंदर लगइत हल। नदी के दूसर किनारा पर एगो गांव बसल हल। वैसे तs शहर आउ गांव नदी के आर-पार हल बाकि गांव के सामने पुल न होवे से उ गांव शहर से एकदम कटल हल। उ गांव शहरी चमक-धमक, भीड़-भाड़, आउ शोर आदि से कोसों दूर हल जबकि उ गांव के सभे लोग सुखी संपन्न हलन। करीबन सभे परिवार के पास ढेर मानी जमीन जायदाद हल। गांव के लोग मेहनतियो खूब हलन। लोग गांव में एतना जादे पेड़ पौधा आ बगीचा लगैले हलन कि गांव खूबसूरत तs लगइते हल, साथे-साथ पर्यावरण के हिसाब से भी गांव संपन्न हल। उ गांव के लोग मेहनत पर जादे आउ भाग्य पर कम भरोसा करs हलन जबकि सब लोग भगवान पर विस्वास करs हलन।

उ गांव में एगो छोटहन परिवार हल। परिवार में माउग-मरद आउ दू गो लइकन। छोटका लइका रवि करीबन एगारह बारह साल के हल। देखे में लम्बा छरहरा आउ टक टक गोर हल। चेहरा के बनावट आउ नाक नक्स कुछ जादे सुंदर लगs हल। रवि गांव के सरकारी हाई इस्कूल में दसमा किलास में पढ़इत हल। पढ़े में तs तेज हइये हल ओकरा अलावे गाछ बिरिछ, पेड़-पौधा आउ फूल के काफी शौकीन हल। घर के हाता में अमरुद, निम्बू आदि के पेड़ के अलावा क्रोटन जइसन सजावट वाला पौधा लगैले हल आउ घर के छत पर गमला में किसिम-किसिम के रंग बिरंगी फूलो लगैले हल। रोज सबेरे पौधन के जड़ में माटी कोरना आउ

सभे पौधा में पानी पटाना ओकर दिनचर्या हल। शांत आउ सुंदर सोभाव के होबे के कारण ओकर चार-पांच गो दोस्त हल आउ सभे रोज सबेरे रवि के घर पर आवs हल आउ फूलन के देखभाल में मदद करs हल।

रवि के परिवार खाहुँ-पिहुँ में सउखीन हल। हफ्ता में कम से कम एक दिन मुर्गा के मांस, बकरा के मांस इया मछरी जरुरे बनs हलई। इ सब सामान लाबे बज़ार रवि के बाबूजी जा हलखिन। एक दिन रवि अपन बड़का भाई के साथे मीट लाबे बाजार चल गेल। दुन्नो भाई एगो कसइया के दोकान पर पहुँचलक। उहाँ रवि देखलक कि उ कसइया एगो बकरा के गरदन छुरा से रेतइत हल आउ बकरबा अजबे तरह से छटपटाय लगल। बकरबा के छटपटाइत देखकs रवि के मन खुशी से उछले लागल कि आज ओकरा ताज़ा आउ स्वदगर मीट खायके मिलत। एक सेर मीट के खातिर रवि के करीबन दू घंटा लाइन में खड़ा रहे पड़ल काहे कि उहाँ बहुते लोग पहिलहीं से खड़ा हलन आउ कसइया के मीट काटहु में एक घंटा समय लगलइ हल। आखिर दू घंटा के बाद रवि के नंबर अयलक आउ एक सेर मीट लेकs अपन भाई के साथ घर वापस चललक। पूरे रास्ता भर रवि के आँख के सामने बकरा के छटपटाये के दृश्य आवइत हल बाकि उ मीट के आवे वाला स्वाद में मस्त हल।

अगिला दिन से रवि अपन पढ़ाई में मगन हो गेल काहे कि ओकर दसमा बोर्ड के परीक्षा होवे वाला हल। ओकर परिवार के सभे लोग ओकरा पर जादे ध्यान दे हलन। आखिर परीक्षा के पहिला दिन आ गेल। रवि नहा धो के गांव के मंदिर में गेल आउ भगवान के मूर्ति के गोर लाग कs निमन परीक्षाफल के आशीर्वाद माँगलक आउ परीक्षा देबे शहर के परीक्षा केंद्र पर गेल। अइसहुँ परीक्षा के दिन लइकन के भगवान जरुरे इयाद आवs हथिन। खैर, रवि के उ दिन के परीक्षा बहुत अच्छा रहल। अइसहीं रवि के परीक्षा के सभे पेपर अच्छे रहलक। हफ्ता दिन के बाद परीक्षा के रिजल्ट निकललक जेकरा में रवि फर्स्ट डिवीज़न से पास होलक। रवि बहुत मेहनत कयलक हल आउ मेहनत के फल मिठगर होयबे करs है।

रवि के रिजल्ट से रवि, ओकर परिवार, दोस्तवन आउ साथे साथे गांव के सभे लोग खुस हलन। अगिला दिन मंदिर में भगवान के लड्डू चढ़ावल गेल आउ गांव भर में बाँटल गेल। रवि के दोस्तवन के कहला पर अगिला दिन मुरगा भात के पार्टी रखल गेल। अगिला दिन रवि अपन दोस्तवन के साथे मुरगा लाबे बज़ार पहुँचलक। मुरगा के दोकान पर पहुँचते दू सेर मुरगा के फरमान सुनयलक। मुरगा बेचे ओला दुकानदार तीन गो मुरगा तौलकs बारी बारी से मुरगा के गरदन काटे लागल। उ दुकानदार अपन गोर से मुरगा के देह चाप दे हलक आउ एक हाथ से ओकर मुड़ी पकड़कs दूसर हाथ से चाकू से मुरगा के आधा गरदन रेत दे हलक आउ मुरगाबा

बाइ में जोर जोर से छटपटाय लगऽ हल। अइसही उ आदमिया तीनो मुरगा के गरदन रेत के एगो गमला में रख देलक। मुरगाबा के छटपटाइत देखकऽ रवि अपना दोस्तवन से कहलक कि देख नऽ, मुरगाबा अपन टंगरी कइसन हिलावित हे। एकरा देखकऽ हमरा मुंह से लार टपकइत हे। रवि के तनिको धियान मुरगा के दरद पर जाइते न हल। ओकरा तऽ बस मुरगा-भात के सवाद पर धेयान हल। जब सभे मुरगा शांत हो गेल तऽ उ दुकानदार सभे मुरगा के काट-कूट कऽ एगो चिमकी में डाल के रवि के देलक। रवि हसइते खेलइते दोस्तवन के साथे घर पहुँचल। रवि के मइया मसाला आदि तइयार करके रखले हल। मुरगा के मीट आउ भात पकावल गेलई आउ रात में रवि अपन परिवारजन आउ दोस्तवन के साथे मुरगा भात के पार्टी मस्ती से मनयलक।

अब रवि एगरहमा किलास में चल गेल हल। इ किलास में विषय के संख्या भी बढ़ गेलइ जेकरा से ओकरा अब पढ़ाई में जादे समय देवे पड़इत हल। गरमी के मौसम आ गेल। टह-टह घामा। गर्म पछिया हवा आदमी, जानवर आ सभे पेड़-पौधन गाछी बिरिछ के झुलसइले जाइत हल। अब रवि के अपन पढ़ाई के साथे साथे सुबह आउ साँझ में पौधन के पानी पटावे पड़इत हल। एक दिन रवि के स्कूल से आवइत समय अपन दोस्तवन के बोलैले अयलक आ फूल के नया गाछी रोपे के काम में लग गेल। माटी के महीन कएला के बाद ओकरा में राख आउ गोबर मिलाकऽ गमला में भरलक। फिर सभे गमलबा में एक एक फूल के गाछी रोप देलक आउ पानी पटयलक। एतना काम करइते-करइते अन्हारा हो गेलई। रवि के दोस्तवन सब अपन अपन घर चल गेल आउ रवि हाथ मुंह धोकऽ टास्क बनावे में भीर गेल। उ दिन टास्को ढेर मानी हल से हल करइत-करइत जादे रात हो गेल। जइसे-तइसे तनी मनी खाना खाकऽ सूत गेल। अगिलका दिन ओकर नींद देर से खुललइ। मोरनिंग स्कूल हल। उ जल्दी जल्दी नहा धोकऽ स्कूल चल गेल। जल्दी-जल्दी में फूल के गमलबन के छहुरी में रखे के भूल गेल। दुपहर में स्कूल में छुट्टी के बाद घामा में आवइत आवइत जादे परेशान हो गेलई। जल्दी-जल्दी खाना खयलक आ सूत गेल। सांझ में नीन टुटलका पर ओकर धियान फूल के पौधन पर पड़लऽ। उठइते उ दौड़ल पौधन के देखेला। पर इ का ? सब गुड़ गोबर। सब पौधा मुरझा के सुख गेल हल। उ उदास होकऽ रोवे लागल। पहिले बकरवा के आउ मुरगवा के छटपटाइत आउ मरइत देखके खुश होबऽ हल बाकि आज पौधन के सुखल देख कऽ बहुत दुखी हो गेल हल। अब तऽ उ भगवानो के कोसे लागल। इ भगवानो कइसन कठोर हथ। एगो लइका के मेहनतो पर उनका तरस न अयलक। भगवान आज बादले लगवा देथिन हल तऽ उनकर कुछ बिगड़ जाइत हल। फिर

अपन भूल समझ के रोवइते-रोवइते सूत गेल।

अगिला दिन रवि सबेरे-सबेरे सभे पेड़- पौधन में पानी पटयलक। बाकि बचल हरियर पौधन के देखकs खुसी-खुसी पाठशाला चल गेल। इस्कूलो में ओकर मन पढाई में लगइते न हल। सुखलका गाछी के याद आवे पर उ दुखी हो जाय आउ हरियरका पेड़ याद आवे पर खुश हो जाइत हल। फेर उ सोचलक कि अगिला दिन एक बेर फिर पौधा रोपतक आ इ बेर पिछलका गलती न करत। छुट्टी के बाद जब रवि अपन घर के हाता के नजदीक पहुँचल हल कि ओकर माथा ठनक गेल काहे कि हाता के फाटक खुलल हल। ओकरा लगल कि कउनो आयल होतक आउ फाटक बंद करेला भुला गेलक। अपन घर के हाता में घुसइते ओकर गोर के निचे से जमीन खिसक गेल आउ ओकर आँख के आगे अन्हारा छा गेल। ओकर आँख से लोर बहे लागल काहे कि ओकर हाता के सभे हरियरका पौधन के कउनो बकरी चर गेल हल। उ एहो सुनले हलक कि बकरी के खायल पौधा आगे नs बढ़s हे। एकाएक रोवइते आवाज़ में ओकर मुँह से निकल गेल कि हे भगवान अइसन बदजात जनावर के काहे जलम देलs हे। भगवान अइसन जीव के काहे जलम दे हथिन जे दोसरा के दुःख दे हे। अइसही सोचइत-सोचइत आ रोवइत-रोवइत उ दिन रवि बिना खयले सूते चल गेल हल जबकि ओकर माय-बाबू रवि के खाय खातिर मनावे के बहुत कोशिस कयलथिन हल।

अगिला दिन रवि के कउनो काम में मन न लगइत हल। मइया के जिद कयला पर खाना खा ले हलक बाकि ओतने कि जिन्दा रह सके। पढ़ाई के नाम पर इस्कूलो जा हल बाकि ओकर मन पढ़ाई में लगइते न हल। ओकर घर के लोग, साथी संगतिया आउ इस्कूल के मास्टर साहेब चिंतित हो गेलन काहे कि उ तेज आउ होनहार लइका लगइत हल। सब के सब रवि के समझावे के कोशिस करइत हलन कि भगवान काफी सोच समझकs तरह तरह के जीव जंतु, पेड़-पौधा आदि बनयले हथिन जेकर आश्रय विहार रहन सहन अलग-अलग तरह के हे आउ इ सब परकीरति आउ पर्यावरण के संतुलन के खातिर जरूरी हे। अगिला बरसात आवइत-आवइत एक बेर फिर से सभे पेड़-पौधा हरा भरा हो जतइ बाकि उ लइका अब कुछ समझदार हो गेलक हल जेकरा से अपन मन में उठे वाला विचार से हरदम परेशान रहs हल कि भगवान अइसन कष्टदायक जीव के जलमे काहे दे हथिन। उ इ बात समझे ला तइयार न हल कि हरेक जीव एक दूसरे के सहायक इया कष्टदायक होबs हे जे समय आउ परिस्थिति पर निर्भर करs हे।

एक दिन रवि पढ़े खातिर इस्कूल गेल हल। घर पर ओकर माय-बाबू आउ भाई एके साथ बइठ के बिचारित हलन कि रवि के कइसे समझावल जाये। उ सभे आपस

में अपन-अपन राय देइत हलन। रवि के मइया के कहना हल कि रवि के कुछ दिन लागी ननिहाल भेज देवे के चाही। उहां नाना-नानी, मामा-मामी के साथ नया परिवेश में रहत तs एकर मन बहल जतइ। रवि के भाई कहलक कि रवि पढ़े में तेज हइये हे। एकरा शहर के एगो प्राइवेट इस्कूल में नाम लिखवा देल जाय आउ ओकरा इस्कूल के हॉस्टल में रख देल जाय। उहां हॉस्टल के संगतियन के साथे रहतइ तs एकर मन पढ़ाई में जादे लगतइ जेकरा से पिछलका सभे फिकिर अपने ख़तम हो जतई। उ तीनो विचार करइते हलन कि बाहर से एगो आवाज सुनाई पड़ल। मछरी लेलs मछरी।

रवि के भाई बाहर निकलल तs देखलक कि एगो मलाहिन माथा पर टीना के गमला लेले ओकरे घर के तरफ आवइत हल आ बोलइत हल, मछरी लेबs बउआ।

"कइसन मछरी हबs ?" उ लइका पुछलक।

"जिता हबs जिता " मलाहिन उत्तर देलक।

"मछरी कइसे दे हहूँ?" लइका पुछलक।

"दस रुपे सेर। सस्ते हबs।" मलाहिन जवाब देलक।

रवि के भइबा अपन मइया से पूछकs मलाहिन के एक सेर मछरी देवे ला कहलक। मलाहिन एक सेर मछली तौललक आउ ओकरा काटे लागी जमीन पर रख देलक आ एगो चिलोही निकाललक। सभे मछरियन जमीन पर छटपटा-छटपटा कs उछले लागल। एही बिच रवि इस्कूल से घर पहुँच गेल। मछरियन के देखके ओकर मन हरिया गेल हल आउ उ बड़ा ध्यान से मछरियन के देखे लागल। मलाहिन एगो मछरी के राख लगाकs चिलोही से काटेला उठयलक हल कि रवि के नज़र मछरी के आँख पर पड़ गेल। रवि के नज़र आँख पर पड़इते रवि के देह कांपे लागल। ओकरा महसूस होलक कि मछरी कातर नज़र से ओकरे देखइत हल आ कहइत हल कि हे भगवान अइसन मांसाहारी अदमी के काहे जलम देलs हे। चारों तरफ से रवि के कान में यही बात गुंजइत हल। रवि के मन के छटपटी आउ देह के कपनाई आउर बढ़ गेल हल। खुनस में अपन माथा नोचइत रवि पीछे हटे के कोशिस करलक कि गिर पड़ल। रवि के बाबू रवि के सम्हारे में लग गेलन आउ रवि के भाई पानी लावे घर के भीतर चल गेल। रवि के बाबू रवि के अपन गोदी में लेटएले हलन आउ ओकर मुंह पर पानी के छींटा देइत हलन बाकि रवि के आँख खुलइते न हल। रवि के दिमाग जहां तहां घूमइत हल। एकाएक रवि के आँख के सामने छटपटाइत मुरगा देखाई पड़ल जे कराहित कहइत हल कि हे भगवान अइसन बेकहल मांसाहारी अमदी के काहे जलम देहs। रवि झनझनाहट में अपन माथा हिलयलक तs ओकर आँख के सामने बकरा के छटपटाइत देह देखाई पड़ल

जे बोलइत हल कि हे भगवान कइसन-कइसन निरदयी आदमिया के जलम देबऽ हथिन। रवि के माय-बाबू लगातार रवि,रवि, बेटा, बेटा चिल्लाइत हलन बाकि रवि के अकाश से आवे वाला आवाज़ सुनाई पड़इत हल, "बिना सोचले विचारले दोसरा के कोसबऽ आउ पर्यावरण के खिलाफ निरदयी काम करबऽ तऽ छटपटैबे करबऽ।"

4

भाई के हिस्सा मारल ठीक न हे

पतपुर एगो प्रसिद्ध गांव हे अपन इलाका के। इ गांव में अनेको सम्पन्न परिवार हल आउ ओहि में से एक परिवार के मुखिया हलन हरीश बाबू। हरीश बाबू के चरचा इया कहल जाय तऽ उनकर करम के चरचा खाली उनकरे गांव में नऽ बाकि आस पास के गांव जेवार तक फैलल हल। चाय दोकान पर होवे वाला गपशप, बैंक में पइसा ला इंतज़ार करित आदमी, गुल्ली डंडा खेलित लइकन इया दुपहरिया में औरत लोग के किस्सा के पंचायत, सब जगह एके विषय पर बात होइत हल जेकर विषय वस्तु हलन हरीश बाबू।

हरीश बाबू का अइसन काम कइलन हल कि लोग क्रिकेट में पाकिस्तान से भारत के जीत के चरचा छोड़के, उनके बारे बतियाइत हल। इ बात समझे ला तनीसा भूतकाल में जाये परत आउ पहिले ई समझे परत कि इ इस्थिति के जलम कहाँ से होल।

असली कहानी के शुरुआत होबऽ हे हरीश बाबू के दादा राम जगत बाबू जे कि पतपुर के एगो बड़का आदमी हलन आउ अच्छा खासा रसूख रखऽ हलन। उनका न तो कउनो किताबी ज्ञान हल आउ न उ जोड़ घटाव के जानकर हलन। सच कहीं तऽ उ अंगूठा छाप हलन। अइसे गांव के लोग समय के मार से बहुत अनुभव हासिल कर ले हथ आउ अनुभव के सहारे निमन-निमन राय विचार निकाल ले हथ बाकि राम जगत बाबू इहो सबमें हलन गोबर गणेश।

असल में उ गांव के जादे लोग गरीब हलन आउ बहोत कम जमीन हलक उनका सबके पास। उपर से जर्मींदारी के लगान चुकावे के बाद मुश्किल से भरपेट भोजन

मिलs हल। उ सबके बीच राम जगत बाबू छौ बीघा पुस्तैनी जमीन के मालिक हलन जेकरा में चार बीघा जमीन एके जगह हल आउ जे बहुत उपजाउ हल। इ वजह से खेती करे में आराम हल आउ रखवालियो आसानी से हो जा हल। उ कहियो केकरो पइसा से मदद न करs हलन। तइयो हर कोई उनका पूछल करs हलथिन। सब कोई एही इंतज़ार में रहs हलथिन कि राम जगत बाबू कउची के खेती करतन आउ बाकि सब लोग ओहि फसल अपना खेत में लगावल करs हलन। एकर कारण राम जगत बाबू के खेती में पारंगत होना न हल बाकि उनकर खेत के बड़ी मात्रा में फसल के कटाई होवs हल तs बाहर के वेपारी खुद पतपुर पहुँच जा हलन ख़रीदेला आउ उनके साथे-साथे बाकि सब लोग भी अपन-अपन फसल ओहि वेपारी के हाथे बेच दे हलन। इ सब के बहुत फायदा दे हल काहे कि थोड़ा फसल बैलगाड़ी से शहर ले जाना कठिन आ खर्चीला परs हल आउ उ सबके बाद बचत होवs हल बस नाम के।

राम जगत बाबू के जिनगी बढ़िया से कटित हल कि देश पर एगो विपत्ति आन पड़ल हल जेकरा में न तो पतपुर गांव के आउ न कउनो दिशा से जगत बाबू के लेना देना हल बाकि उ राम जगत बाबू के भविष्य के हमेशा के लेल बदल देलक आउ आज हरीश बाबू के करनी पर आके रुकल है। असल में भारत अउर चीन में भयंकर युद्ध होयलक हल जेकरा में जादे जगह भारत के हार के सामना करे परल। खासकर उत्तर पूरब में जहां सरकार हर कोशिश के बादो समय पर रसद आउ हथियार पहुँचावे में सफल न होलक हल काहे कि मुख्य शहर से उहाँ तक सड़क न हल। खैर उ महायुद्ध तs संधि से खतम होयल बाकि साथे-साथे केंद्र सरकार के बड़का सबक मिल चुकल हल। रक्षा मंत्री के सलाह पर प्रधानमंत्री बिहार राज्य से उत्तर पूरब के सभे राज्य के जोड़े वाला उच्च गुणवत्ता के चौड़ी सड़क निर्माण के आदेश देलन। आनन-फानन में ओकर रूप रेखा तैयार करल गेल आ प्रस्तुत कर देवल गेल। सरकार अपन बेज्ज़ती से एतना तकलीफ में हल कि उ परियोजना के बिना विस्तृत विश्लेषण के मंजूरी दे देवल गेल आउ पूरे तरीके से नज़रअंदाज़ करल गेल कि उ प्रस्तावित सड़क ओइसन गांव देहात से गुजरित हल जहाँ मजदूर किसान अपन खुदरा-खुदरी जमीन पर खेती बारी करके जिय हलन।

इ सड़क पतपुर गांव के बीचो बीच गुजरलक आउ उहाँ के लोग के पता तब चललक जब निर्माण काम शुरू हो गेल। पहिला चरण में नापी करके घेरा बंदी करल गेल। राम जगत बाबू के पूरे पांच बीघा जमीन सड़क में नपा गेल। थोड़ा बहुत बचल जहां कोना निकलित हल ओहो तनी सा एक तरफ तs तनी सा दोसर तरफ। एहे हाल सब गरीबहन किसानो के हल। राम जगत बाबू पहिलहीं से साधारण

बुद्धि के हलन से उनका कुछो समझ में न आवित हल। उनकर नौजवान बेटा तनी जादे समझदार हल। सब मिल के गेलन उ इलाका के सांसद जे ओही गांव के एगो प्रमुख आदमी हलन आउ विरोधी दल में हलन। उ किसान सब के बात के सुनलन आउ सहायता के आश्वासन देलन। उ खुदे खूब पढ़ल लिखल हलन से लग गेलन बढ़िया चिट्ठी तैयार करे में। जब इ समाचार उनकर पार्टी के आलाकमान जानलन तऽ उनका इ कहके मना कर देलन कि इ चिट्ठी उनकर पार्टी के खिलाफ इस्तेमाल करल जा सकऽ है काहे कि इ सड़क देश के सुरक्षा से संबंधित है। अब सांसद महोदय अपन हाथ उठा देलन। राम जगत बाबू के बेटा राम रतन हार न मानलन आउ पहुँच गेलन विधायक जी के पास। विधायक ओहि क्षेत्र के दूसर गांव के उभरइत क्रन्तिकारी नेता हलन। उ धोखा न देलन आउर विधानसभा में जोर से मुद्दा उठयलन। ई राष्ट्रीय पथ परियोजना केंद्र सरकार शुरू कैलक हल जेकरा में राज्य के दखलअंदाज़ी सीमित हल। साथे साथ केंद्र में आउ राज्य में एके पार्टी के सरकार हल सेकरा से युवा विधायक के प्रयास ध्यान तऽ खिंचलक बाकि कोई विशेष असर देखा न पयलक।

अंत में विधायक जी राजस्व विभाग पर जोर डाललन कि जमीन के सरकारी कीमत बढ़ा दे आउ साथे-साथ सब अधिकारी के हिदायत देलन कि बिना देरी इया काट छाँट के पूरा कीमत किसान सब के अदा कैल जाये। विधायक जी के मेहनत काम आयल आउ सबके मुआवजा में मोटा रकम मिलल। राम जगत बाबू मिललका पइसा से पक्का घर बनवैलन आउ ओही पइसा से घर के खरचा चले लागल। राम रतन बहुत चिंता में रहे लगल कि मुआवजा के पइसा खतम हो जैतक तब का होत। बहुत सोचे के बाद उ अपना बाबूजी के कहलक कि जेतना पइसा बचल है ओकरा से नया जमीन खरीदल जाय। राम जगत बाबू के भी इ प्रस्ताव अच्छे लगल। उ गांव में पैगाम लगावे लगलन बाकि गांव में उ अकेले न हलन जे जमीन उ सड़क में गवयलन हल। छोटा किसान के हालत अउर खराब हल से कोई आदमी बचल खुचल जमीन बेचे ला तैयार न हल। अइसने हालत बगल के गांव में हल। जे गांव से उ राष्ट्रीय उच्च पथ न गुजरल हल उहो सब सकदम हलन आउ बड़ा कीमत मिले के लालच में बेचना नऽ चाहित हलन। कुछ दिन मेहनत करला के बाद राम जगत बाबू हार मान चुलकन हल।

राम रतन अभियो जोर शोर से लगल हल। एहि बीच अरब देश में रोज-रोज नया-नया तेल के कुआं के खोज होवे लागल अउर उहाँ मजदूर के जोरदार जरूरत आन परल। एगो खास समुदाय के लोग अपन घर जमीन बेच बाच के अरब देश जाय लगलन हुयें पर बस जाये के उम्मीद से। अइसने एगो पांच बीघा जमीन वाला

पार्टी रामरतन के पता चलल जे जल्दीबाजी में बेचल चाहित हल। ओकर जादे कीमत के मांग हल बाकि रामरतन अपन बचल पइसा जेतना में मना लेलक। बेचे वाला भी खुश हल एकमुश्त पइसा मिले के नाम पर काहे कि छोटा-छोटा हिस्सा करके बेचे में बहुत समय लगतक हल। राम जगत बाबू के पसंद तऽ न आयल हल बाकि राम रतन के जोर के आगे विरोध न कयलन आउ उ जमीन खरीदा गेल। अब राम रतन बाबू खुश रहे लगलन इ सोचके कि राष्ट्रीय पथ परियोजना अच्छे हल। उनकर पक्का के घरो बन गेल, कुछ दिन मस्ती में जीना-रहना होयलक आउ जेतना जमीन सड़क में गेल, ओतना खरिदाइयो गेल बाकि इ खुशी जादे दिन तक न रहल जब उहाँ खेती शुरू कैल गेल। ई नयका जमीन बन्नू नाम के गांव में हल जे पतपुर से दस किलोमीटर दूर हल। उ जमाना में आवे-जाय के दूइयेगो साधन हल, बैलगाड़ी आउ साइकिल। मोटर गाड़ी लेवे के न तऽ औकात हल आउ न पहुंच। साइकिल से दस किलोमीटर जाके कुछे घंटा खेती के काम हो पावे रोज। बहुत जल्दी दुन्नो बाप बेटा समझ गेलन कि इ आना-जाना उनका से पार न लगत। मन मारके ओही जमीन के एक कोना में एगो छोटा घर बनवाके पूरे परिवार वहीं रहे चल गेलन।

उ समय में बाहर से आके बसल लोग के बड़ी हेय दृस्टि से देखल जा हल। उपर से उ गांव के बासिन्दा दूसर समुदाय इया जाति के हल। पूरा परिवार बहुत कोशिश करलन सबसे मिल जुलके रहे के बाकि बन्नू गांव के वासी अपने अकड़ पर डटल हलक। उ सब उल्टे व्यंगबाजी करित हल, जानबूझ के इनकर खेत में जानवर चरा दे हल आउ शिकायत करे पर पूरे गांव लड़े ला जमा हो जा हल। कहाँ राम जगत बाबू पतपुर के इज्जतदार किसान हलन आउ आज एगो तनीगो लइको गारी देवे में न सरमाये।

उ लोग इ सब बरदास कर लेतन हल यदि खेती सही से हो पाइत। हरबरी में ख़रीदल जमीन हल। कागज़ी हिसाब से जमीन सही हल जेकर दाखिल ख़ारिज आसानी से हो गेल हल बाकि पटवन के कउनो व्यवस्था न हल। पतपुर में सरकारी बोरिंग, निजी बोरिंग के साथ नहरो हल बाकि यहां सब नदारद। उपर से जमीन के उपजाऊ क्षमता बहुत कम हल। उनकर पतपुर वाला जमीन में सामान्य औसत से दुगूना उपज होवऽ हल तऽ नयका जमीन में आधो के कम। सिंचाई के नाम पर वर्षा आउ चापाकल से बाल्टी से ढोबल पानी हल। एक-दू साल कैसहु बीतल आउ फिर एक दिन राम जगत बाबू के आदेश होलक वापस पतपुर लौट जायके। राम रतन खुदो परेशान हल से उहो बिना कुछ कहले पतपुर लौटे ला तैयार हो गेल।

अंत में बन्नू गांव वाला जमीन के औने-पौने भाव में रेहन लगा के पूरा परिवार पतपुर वाला घर में वापस आ गेलन। उ सब सोचलन हल कि जहिया पतपुर में बिकरी के जमीन मिलत तs बन्नू गांव वाला जमीन बेच देवल जायत आउ यहीं ख़रीदल जायत। राम जगत बाबू अब बुढ़ापा के द्वार पर हलन आउ दिमागी तनाव उनका कमजोर बना देलक। राम रतन ओहि बने वाला सड़क में मजदूरी करे लागल। ओकरा मजदूरी करित देखके पड़ोसी सब ताना मारे लगलन। राम रतन जादे पढ़ाई तs न कैलक हल बाकि इस्कूल में मित्रमंडली खूबे बनैलक हल। ओही मित्रमंडली से कउनो बन्नू गांव वाला जमीन के जानकारी आयल हल। कुछ दिन बाद अपन दोसर मित्र के साथ दिल्ली चल गेल मजदूरी करे लागी। राम जगत बाबू घर पर परिवार सहित रह गेलन। राम रतन हरेक तीन महीना पर घर आवल करित हल आउ अनाज, पइसा के व्यवस्था करके चल जा हल।

समय के पहिया तs घूमते रहs हे। एक दिन राम जगत बाबू स्वर्गवासी हो गेलन। राम रतन के तीन गो बेटा हल जेकरा में बड़का हथ हरीश बाबू। अपने पिता के नक्सेकदम पर चलित तीनो बेटा पढ़ाई में दिमाग न लगैलक। राम रतन अपन बेटवन के पढ़ावे के बहुत कोशिश करलन हल बाकि सब बेकार। दिल्ली में रह के गांव में रहित लइकन पर जादे जोर डालल पार न लगल। तीनो लइकन अपन माय इया दादी के तनिको न लगावs हल आउ दिन भर मटरगस्ती करित रहs हल। आजिज आके राम रतन तीनो बेटा के दिल्ली ले गेलन आउ कउनो कारखाना में मजदूरी में लगा देलन। पहिले तs उनका डर समायल हल कि बेटवन सब दिल्लीयो में ठीक से न रहत बाकि उ तीनो दिल्ली जाके सुधर गेल आउ काम में मेहनत करे लागल। अब जादे आमदनी होवे से जीवन यापन सुधर गेल। समय के साथ तीनो के शादी आउ फेर बच्चो होलक।

अब हरीश बाबू खुद साठ साल के दहलीज पर हथन। तीनो भाई के परिवार बड़ा हो चुकल हे आउ तीनो भाई गांव वापिस आ चुकलन हे बाकि इनकर सबके बेटा सब दिल्ली में बस गेल और पोता-पोती सब अच्छे इस्कूल में पढ़इत हे। बन्नू गांव वाला जमीन बंजर हो चुकल हे। ठीका-रेहन के पइसा न के बराबर आवित हे। राम रतन बाबू के सोचल कि बन्नू के जमीन बेच के पतपुर में ख़रीदल जाये वाला विचार अइसहीं धरल रह गेल। बड़ा होवे के कारण हरीश बाबू जमीन के देखरेख करs हलन आउ ठीका वाला पइसा रखs हलन। नयको पीढ़ी के लोग में उ जमीन के बँटवारा में दिलचस्पी न हल।

हरीश बाबू के छोटका भाई गिरीश के पोता-पोती अपना जिनगी में पहिला बार गांव आयल गर्मी के छुट्टी में। दिल्ली में जनमल आउ बड़ा होयल आउ हमेशा

माचिस के डिबिया जइसन घर देखे वाला, खेत खलिहान खाली फिलिमे में देखले हल। अपन खुद के एतना बड़ा जमीन सुनकऽ अचरज में हल। उ सब अपना दादा दादी के पास बड़ी जिद कैलक अपन जमीन पर जाकऽ देखावे के। अब समय बदल चुकल हल आउ गांव के कई आदमी के पास मोटर गाड़ी खरीदा चुकल हल आउ उ लोग गाड़ी के भाड़ा पर भी चलवावित हलन। बन्नू गांव वाला जमीन के बगल से भी बीस फ़ीट चौड़गर सड़क बन चुकल हल गांव सबके जोड़े वाला परियोजना से।

गिरीश बाबू एगो गाड़ी भाड़ा कर के सब लइकन के भेज देलन जमीन देखे ला। गाड़ी वाला उनके पटीदार हलन जे अपन गाड़ी ड्राइबर से भेज देलन आ अपने साथ न गेलन ताकि लइकन सब खुलके मस्ती कर सके। जब लइकन सब जमीन के देखकऽ लौटके अयलन तऽ अपना दादा से बतयलन कि उ जमीन के बीच में पिलर गरायल है। गिरीश बाबू समझलन कि इ लइकन सब कुछ और देख के अयलक है। गाड़ी के चालक जे गिरीश बाबू के भतिजा लगऽ हल, बतयलक कि उ रोज ओहि रास्ता से शहर जाहे आउ जमीन के अच्छा से पहचानित है। खेत में सचमुच में पाइलिंग होइत है।

गिरीश बाबू आनन फानन में उ जमीन पर पहुँचलन। अब पहिले के तरह जाना समस्या न हल। टेम्पू, टोटो चलल करइत हल। उनकर जमीन में पिलर गाड़े के काम जोर शोर से लगल हल। काम करे वाला मिस्त्री से पुछला पर बतयलक कि उ सब तऽ मजदूरी करित है। सही बात तऽ ठीकेदारे बतावत। ठेकेदार सीधा मुंह बात न कयलक आउ जमीन के मालिक से बात करे के सलाह देलक। गिरीश बाबू घर वापस आके हरीश बाबू से जमीन में पिलर के बारे में पूछलन। हरीश बाबू के स्वास्थ्य पिछले साल से ठीक न हल। उनका हिरदय के गंभीर बिमारी पकरले हल। एही सबके बहाना बनाके उ कुच्छो बतावे से इंकार कर देलन।

गिरीश बाबू के अपना भाई पर पूरा भरोसा हल। उ तीनो भाई के खाना-पीना अलग-अलग होवऽ हल बाकि आपसी प्रेम में कमी न लगइत हल बाकि अपन जमीन में दोसर आदमी के द्वारा पिलर के काम चिंता बढ़ा देलक। उ अपन सभे बेटा-बेटी के बोलयलन आउ सभे मिलकऽ गेलन ठीकेदार से पूछे। कड़ाई से पूछताछ में उ बतयलक कि छौ महीना पहिले उ जमीन खरीद लेलक हल आउ उ लोग गोदाम बनावित है। उ अपन कागज़ पत्तर भी देखइलक। कागज पर बेचे वाला के नाम देखके गिरीश बाबू के आँख के सामने अँधेरा छा गेल। बेचे वाला के नाम हल हरीश बाबू। जब अप्पन प्रिये आदमी धोखा देहे तऽ जादे तकलिफ देहे। घर आके पुछला पर हरीश बाबू मुंह सी लेलन आउ जादे जोर देबे पर अपन छाती में दरद होबे के नाटक करे लगलन।

गिरीश बाबू अपन मझिला भाई के परिवार के भी बोलवयलन आउ सब मिल के जाँच पड़ताल कयलन।

करीब डेढ़ साल पहिले हरीश बाबू अप्पन पोती के शादी दिल्ली में बड़ी धूमधाम से कयलन हल जेकरा में अपना औकात से कहीं फाजुल खरच करलन हल। इ शादी में तनी-मानी करजो हो गेल हल। तनिके दिन के बाद हरीश बाबू के एगो बेटा सड़क दुर्घटना में जख्मी हो गेल हल जेकर इलाजो में बहुत खरच होलक हल। ओकरे देखेला हरीश बाबू पत्नी के साथ गेलन हल। उनकर दूसर बेटा एगो कम्पनी में नौकरी करित हल से ओकरा अपना माय-बाप के मुफ्त जाँच आउ इलाज के सुविधा हल। उ हरीश बाबू से कहलक कि जब इहें आइये गेलs हे तs तोहनियो सब स्वास्थ्य के जाँच करवाइये लs। हरीश बाबू के भी बात अच्छे लगल आउ अगिला दिन दूनो प्राणी जाँच करावे लागी एगो बड़का अस्पताल में पहुँच गेलन आउ सब तरह के जाँच करवैलन। दू दिन बाद जब जाँच रिपोर्ट अयलक तs उनकर चिंता आउर बढ़ गेलक काहे कि जाँच में हरीश बाबू के हृदय के रोग आउ उनका पत्नी के पथरी निकलल। पथरी के आपरेशन ओही अस्पताल में सफलता पूर्वक हो गेल आउ हरीश बाबू के भी इलाज शुरू हो गेल। हरीश बाबू के रोग काफी गंभीर हल बाकि नियमित जाँच आउ दवाई से इलाज सम्भव हल। उ इलाज तs शुरू करवैलन बाकि इलाज बहुत खर्चीला हल, जाँच आउ दवाइयो बहुत महंगा जे उनकर बेटा के मुफ्त इलाज के सीमा से बाहर हल। इ तरह लगातार आवित मुसीबत उनका करजो के बढ़ावित चल गेल।

हरीश बाबू पत्नी के साथे गांव वापिस आ गेलन। करजा के दबाब एतना बढ़ गेल हल कि गांव में बचल पहिलका जमीन के एगो टुकड़ा बेचे लागी एगो दलाल से सम्पर्क कइलन। उ दलाल बहुत तेज हल आउ इनकर परिस्थिति आउ जमीन सब से वाकिफ हल। उ एगो बड़का ठगनीति बनाके इनका सामने बड़ी चालाकी प्रस्तुत कैलक जेकरा में लालच के पहिला कदम रखलन हरीश बाबू आउ फेर दलदल में धंसते चल गेलन। उ दलाल हरीश बाबू से पुछलक कि बन्नू गांव वाला जमीन से बटइया में केतना पइसा आवs हवs। हरीश बाबू एगो रकम बतैयलन तs उ दलाल इनका समझावे लागल कि उ बंजर जमीन जेकर कोई इस्तेमाल न हे आज के दिन में आउर हरीश बाबू के अगिला पीढ़ी अब कहियो गांव में रहे ला वापिस नहिये आवत से उ जमीन के बेच देवे चाहीं आउर पतपुर के जमीन खरीद लेवे चाहीं। जखनि ले पतपुर के जमीन न खरीदाये तब तक पइसा के बैंक में रखहु से फैयदे होत। हरीश बाबू बतैयलन कि उ जमीन हमनी तीनु भाई के हे आउ अभी बंटवारा न होलक हे तs हम अकेले ओकरा कइसे बेच सकs ही। तइयो दलाल एक तिहाई

जमीन के एगो बुरका रकम बतैलक आउ जोड़ घटाव के हिसाब समझैलक कि उ रकम से हरीश बाबू के सब करजा चुकावे के बाद बचल पइसा के बैंक में मासिक आमदनी वाला स्कीम में डाल देतन तs सूद में हर महीना आवे वाला रकम, उ समूचे जमीन के साल भर के बटाई से मिले वाला पइसा से जादे होतक। इ सुन के हरीश बाबू के आँख में लालच पूरे तरीके से घेर लेलक। ई दलाल के बड़का प्लान के पहिला कदम हल जेकरा पर हरीश बाबू जादे विचार करके न सोच पयलन हल। इ दलाल हरीश बाबू के हिदायत देलक हल कि अपना भाई सबके बिन बतयले सारा काम चुपके से कैल जाये काहे कि भाई लोग जानतन तs पहिले बंटवारा करेला कहतन आउ ओकरा में बहुत समय लग जायत। उ अपना तर्क से उनका भरोसा दिया देलक कि उ कुछो गलत न करित हथन काहे कि उ बेचवो तs एक तिहाइये न करीत हथिन।

तय दिन दलाल एगो आदमी जे खरीददार हल उ जमीन के, के लेके पूरे नगद पइसा के साथ पहुँच गेल। एतना पइसा देखके हरीश बाबू के मति भुला चुकल हल। खरीददार एगो शर्त रखलक कि उ जमीन के सड़क के तरफ से एक तिहाई लेबे ला एतना पइसा देवित हे। दलाल ओकरा साथे झूठ मुठ के बतकुच्चन कैलक हरीश बाबू के सुनावेला बाकि खरीददार उहे शर्त पर पइसा देवे ला अरल रहल। ओकरा एतना नाटक करे के जरुरियो न हल काहे कि हरीश बाबू के दिमाग पर लालच के भूत सवार हल। उ पइसा भरल झोला देख के सब शर्त माने ला पहिलहीं से तैयार हलन। अगिला दिन जमीन के रजिस्टरी हो गेल। कागज़ में कातिव से बड़ी चालाकी से चौहदी लिखावल गेल जेकरा में एक तरफ सड़क आउ दूसर तरफ हरीश बाबू के दुनो भाई के नाम। घुस पैंच के जमाना हे। बिना जाँच पड़ताल के दाखिल ख़ारिज हो गेल।

असल में उ जमीन दलाल के खुदे ख़रीदेला हल। उ नकली ख़रीददार से अपना नाम पर रजिस्टरी करवा लेलक आउ फेर अपना नाम से दाखिल ख़ारिज करवा लेलक। दू बेर रजिस्टरी आउ दू बेर दाखिल ख़ारिज होबे में एक साल के समय लग गेलक हल आउ इ बीच उ जमीन पर झांकियो मारे न गेलक हल कि केकरो शक हो सके। जब दलाल के अपना नाम पर दाखिल ख़ारिज हो गेलक तब कहीं जाके गोदाम बनावे के काम शुरू करलक हल।

यदि गिरीश बाबू के पोता-पोती छुट्टी मनावे घर न आयत हल तs न जाने कहिया ई राज खुलत हल काहे कि उ चाहे उनकर भाई उ जमीन पर जा न हलन काहे कि उनका सबके बटाइ वाला पइसा के हिस्सा मिलिये जा हल आउ बाकी परिवार तs दिल्ली में रहित हल। गिरीश बाबू के बेटा सब जमा हो चुकल हल आउ

मझला भाई के बेटा सब के आना अभी बाकी हल, आउ एही बिच पूरा गांव जेवार में अपन करनी के कारण से हरीश बाबू प्रसिद्ध हो गेलन हल।

गांव में पंचइती के शुरुआत होल। जब पंच जमा होवᵊ हलन तᵊ हरीश बाबू चुप्पी साधले रहᵊ हलन आउ पंच द्वारा कुरेदला पर जब त तब छाती पकड़ के दरद के नाटक करे लगित हलन। दलाल हर कदम सोच विचार के उठैलक हल। उ जमीन के तीसरा खरीददार हल आउ सब जाँच के बाद जमीन के बिक्री होल हल से ई लोग ओकरा पर सीधे तौर पर केस नहिये कर सकलन हल। हरीश बाबू पर केस करे पर दलालो धमकी देलक कि उहो ई लोग के सभे जमीन समेत बन्नू गांव वाला पूरा जमीन पर केस करके १४४ लगवा देत आउ इनका सबके खेती वाला आमदनी बंद करवा देत। पतपुर गांव के बूढ़ा बुजुर्ग लोग बिना केस कइले पंचयती से फैसला करावे पर जोर देलन।

कइ दिन पंचयती होलक आउ बिना फैसला समाप्त हो गेलक काहे कि पंच लोग में भी एकमत न होवित हल, काहे कि हरीश बाबू कुछ बोलते न हलन। अंत में पंच लोग के तरफ से एगो प्रस्ताव अयलक कि अब जमीन तᵊ जा चुकल हे। सही तरीका से जमीन के बाँटल न गेल हल आ उ वजह से पीछे के जमीन के कीमत आगे वाला के सामने कहीं भी टिकित न हे। एही से यदि दुनो भाई तैयार हथ तᵊ हरीश बाबू के पइसा के तीन बराबर हिस्सा करके बाँट देवे के चाहीं आउ बचल जमीन के तीन बराबर हिस्सा में बंटवारा कर लेवे के चाहीं।

गिरीश बाबू, उनकर पत्नी आउ भाई भाभी में तनी मनी चरचा भेल आउ उनका सबके पंच के प्रस्ताव पसंद न अयलक। गिरीश बाबू के पत्नी जे बाकी सब लोग से ज्यादा पढ़ल हलन, खड़ा होके भाषण देवल शुरू कैलन, "आज के जमाना में जहाँ एक फुट जमीन ला एक देश दूसरे देश से लड़ जा हे। आज गांव जेवार में कउनो परिवार न हे जेकरा पास एक बीघा भी जमीन बचइत हे। कोरोना बीमारी के बाद कउन केतना दिन तक दिल्ली में रह पावत, एहो कहना मुश्किल हे आउ वापस आवे वाला अगिला पीढ़ी के लेल वेपार इया कुछो करेला जमीन के जरूरत तᵊ पड़वे करत। उ सबके बीच सड़क के किनारे पौने दू बीघा जमीन के एक टोपरा के कीमत पइसा से नᵊ बल्कि ओकर सबके भविष्य से जोड़के देखे चाहीं आउर अइसन कउन बेवकूफ होवत जे ओकरा कौड़ी के दाम बेच देत। यदि पइसा के जरूरत हल इलाज़ करावे ला तᵊ पतपुर के खेती वाला एक कठ्ठा जमीन बेचल जा सकᵊ हल। इ हरकत के पीछे ठगी आउर बदनियती हे, सरासर धोकेबाजी आउ बेइमानी हे। हमनी के पइसा न बल्कि अपन हिस्सा के जमीन चाहीं चाहे एकर लड़ाई जहाँ तक चल जाये।"

अचानक वाद विवाद पंचइती से हट के हरीश बाबू के बेवकूफी वाला हरकत के तरफ मुड़ गेल। लोग कहे लगलन, इ जमीन के जादे पइसा मिलत हल आउ लगातार कीमत बढ़े वाला सम्पति के बेच के कौरी जमा कर लेलन हे हरीश बाबू। चारो तरफ से इ तरह के बात सुनके हरीश बाबू के माथा चकरा गेल। अचानक उ छाती पकड़ के गिर के तरपे लगलन। हरकोई के उनकर उ नाटक देखे के आदत हो गेल हल। कोई उनका ओर धेयान न देलक आउ उलटे उनका बेईमान बोले लगल। उ तइयो न उठलन।

तनी देर बाद पंच खड़ा होके कहलन कि आज अब बैठक खतम कैल जाइत हे काहे कि कउनो फैसला आबे वाला न हे। हरीश बाबू के एगो आदमी उठावे गेलक कि आज अब बंद करीं नाटक आउ पंच लागी कम से कम चाय के वेवस्था तs कर दीं बाकि उ नहिये उठलन। बाद में पता चलल कि ई बार उनका सांचो में दरद उठलक हल बाकि सब लोग भेड़िया आया वाला कहानी के लइका जइसन इनका छोड़ देलक आउ उ भगवान के प्यारा हो गेलन।

हरीश बाबू के लइकन सब दिल्ली से आयल आउ पूरे मुकर गेल कउनो बात के जानकारी होबे से। बैंक वाला पइसा के चुपके से अपना दिल्ली वाला बैंक खाता में डलवा के माय के साथ लेके निकल गेल एक दिन मौका देख के। सराध कारज सब के बीच गिरीश बाबू चाहे कोई अउर जोर न डाललन हल। अंत में थक हार के उ जमीन पर जालसाजी से खरीदे के केस कर देवल गेल दलाल पर। ओकरा पर सीधे केस न बन पायल त अइसन केस बनावल गेल कि उ आउ हरीश बाबू दुनो मिल के साजिश तहत ठगी कइलन। उ दलालो इन सब पर पतपुर के जमीन पर झूठा केस कर देलक। अदालत सभे जमीन पर कउनो काम करे से रोक लगा देलक। खेती वाला आमदनी बंद हो गेलक आउ केस में बढ़ल खरचा के कारण गिरीश बाबू आउ मझला भाई के पोता-पोती के कान्वेंट स्कूल से नाम कट गेल।

कई साल तक केस लड़े आउ ठोकर खाये के बाद दुनो पार्टी में समझौता करावल गेल गांव के भलमानस लोग के द्वारा आउ दुनो पार्टी केस उठा लेलक बाकि इ बीच गिरीश बाबू के जे कुछ नया जमीन ख़रीदायल हल से सब बिक गेल केस लड़े में। हरीश बाबू के बेटा सबके केस में हाज़िरी देवेला दिल्ली से आवे पड़s हल जेकरा में बहुत जादे खरचा होलक आउ बैंक से हर महीना मिले वाला आमदनी वाला पइसा पूरे खतम हो गेल। केस के चक्कर में गैरहाज़िरी होवे से नौकरियों छूट गेल आ पूरे तरह मजदूर बन गेलन। घर-भाड़ा वगैरह में होवे वाला खरचा इनकर पोता-पोती के भी सरकारी स्कूल भेज देलक।

खैर समझौता के मोताबिक गिरीश बाबू आउ उनकर मझला भाई बन्नू गांव वाला जमीन ओहि दलाल के बेच देलन। दलाल आगे वाला जमीन के रेट से पइसा देलक। एकर उपर से दुनो भाई के पतपुर में चार-चार कठ्ठा जमीन अउर केस उठाइयो खरचा देलक। दलाल बहुत घाटा सहलक बाकि ओकरा एक टोपरा में पांच बीघा जमीन हो गेल सड़क के किनारे। एगो बड़का सीमेंट कम्पनी बहुत जादे भाड़ा पर गोदाम लेवे ला तैयार हल। एही सब सोच के उ घाटा सह के भी समझौता ला तैयार होलक हल जे अब फायदा में हल।

गिरीश बाबू आउ मझला भाई के बन्नू गांव वाला जमीन तs चल गेल बाकि मिलल पइसा से पतपुर में राजमार्ग के किनारे कुछ जमीन लेके छोटा गोदाम बनाके भाड़ा पर लगा देलन। धीरे-धीरे आमदनी बढ़े से जिनगी पटरी पर आवे लगल। अब बच्चा सबके फेर से निमन इस्कूल में नाम लिखावे के विचार शुरू हो होलक हे। हरीश बाबू के बेटा सब के नाम प्रसिद्ध हो गेल ठग के रूप में जब पतपुर के कई लोग रोजगार के खोज में दिल्ली गेलन। बाकी मजदूर सब उनका से दूरी बना लेलक। हुनका सब के सेठ लोग समानो उठावे के काम देल बंद कर देलक। जब कमाई के कउनो रास्ता न बचल तs हरीश बाबू के पूरा परिवार दिल्ली छोड़के पतपुर में आ गेल आ गांव के छिटपुट जमीन में खेती आउ मजदूरी कर रहलन हे।

हरीश बाबू हमेशा के लेल चर्चा के बिषय बनल रह गेलन। आजो उनका बेटा पोता के देखके सब लोग एही बात करs हे कि उनकर हरकत उनका चाहे जे फायदा पहुँचयलक होत बाकि इ कलंक उनकर पूरे खानदान पर लगिये गेल। भाई के हिस्सा मारल फरs न हे।

5

अनुभूति भगवान के

भगवान के सांचो में मौजूद होबे के बात आज तक के सबसे बरका पहेली हे। दुनिया जहान बढ़ियत गेल, सभ्यता के काफी विकास भेल बाकि इ बात पर बहस आजो बरकरार हे पहिलही जइसन। जे लोग भगवान के मौजूदगी पर विश्वास करऽ हथीन, उ लोग कउनो मौका पर एक से एक दलील देवे में हिचकऽ नऽ हथ। बरका घटना से लेके छोटहन बातो के भी भगवाने के मरजी से जोर दे हथ। कउनो लोग बोल दे कि आज भगवाने के किरपा से रेल चढ़ पइली हे, लगित हल कि छूटिये जैतक हल। रेल तनी देरी से अयलक तऽ पकड़ा गेल। अइसन मौका पर कोई जरुरे कह देत कि इ भगवाने के किरपा हलबऽ। उ अपने के पहुंचे तक सिगनलवा के लाल रखले हलथुन ताकि तोरा रेल पकड़ा जाय। जादे लोग हँ में हँ मिलयतन बाकि एगो आदमी अइसनो बोले वाला मिल जाइत कि भगवान हज़ारो लोग के देर करैलन एगो आदमी के रेल चढ़ाबे खातिर। कइसन गंवार इ सब हथ जे रेल के लेट होबे में भी भगवाने के सम्बन्ध जोर दे हथ जेकर कोई अस्तित्वे न हे। एकर बाद बहस में बढ़ल तीव्रता के अंदाज़ा तऽ आसाने हे।

अगर हम अप्पन बात करीं तऽ हम इ किसिम के बहस से हमेसा दुरिये बनएले रहली हे। कोई केतनो धेयान खिंचित रहे, अपन हाथ से हम्मर हाथ दबाबित रहे तइयो अइसन बहस में नहिये घुसली। विज्ञान के विद्यार्थी हली आउ बाद में गणितज्ञ बन गेली। इ लेल चमत्कार जइसन बात पर सीधे विश्वास रखे के कोई मतलबे न हे बाकि बचपने से परब त्यौहार खूब मनइली हे आउ पूजा पाठो करते रहली हे। आजो हम पूजा मन से करऽ ही। रामायण जइसन कयगो ग्रंथ मुहजबानी याद हे। जइसन कि पहिलहीं कहली हे कि हम कहियो अइसन बहस में न परली हे। यदि कउनो मौका पर बोलहि परल तऽ कह देहि कि इ अलग-अलग अमदी के

अपन निजी विचार हे आउ सब लोग के एक दूसरा के विचार के सम्मान करे चाहीं। इ सच्चो में हमर सोच हे जेकरा आज तक बरकरार रखले ही

एगो घटना याद पड़इत हे भगवान के मौजूदगी पर विस्वास बढ़ावे वाला। सेवानिवृति से बहुत पहिले प्रोफेसर के नौकरी करीत हली। जहाँ हम्मर इयूटी हलक उ जिला के एक हिस्सा नक्सली इलाका हल। लोकसभा चुनाव आवित हल।

पहिले एकाक राज्य में मशीन से चुनाव होलक हल बाकि पूरे देश के लोकसभा चुनाव पहिला बेर मशीन से होबे जा रहल हलs। पहिले तs कागज़ बैलट से चुनाव होबs हलइ। साथ ही चुनाव परकिरिया के जादे पारदरशी बनावल जाइत हल। चुनाव आयोग के आदेश से हमरो विशेष गैर न्यायायिक दंडाधिकारी बना देबल गेल हल एक सप्ताह लागी। हमरे निअर ढेर मानी प्रोफेसर लोग के इ आदेश थमा देल गेल हल। जे स्वास्थ्य से जादे लाचार हलन उनका छूट मिल गेल हल। कय गो लोग चुनाव काम से छूट पाबे के खातिर जाली स्वास्थ्य प्रमाण पत्र बनवैलन हल। कय लोग तs उ प्रमाणपत्र से छूट गेलन बाकि दू लोग नकली स्वास्थ्य प्रमाणपत्र में पकराइयो गेलन आउ जिलाधिकारी के आदेश से उनका पर धोखाधड़ी के केस कर देल गेल हल। हमरो एक बेर मन में आयल हल कि हमहुँ चुनाव से छूट के कउनो उपाय सोचीं बाकि फेर इ सोच के लोकसभा चुनाव देश के लोकतंत्र के आधार हे आउ इ में भाग लेबल देश सेवा हे, हम चुनाव काम में भागीदारी ला तैयार हो गेली।

हमरा जइसन सभे दंडाधिकारी लोग के काम हल जिला मुख्यालय से वोटिंग मशीन के डिब्बा सब उठवाना, गाड़ी में लदवा के मिलल पंचायत के सब बूथ पर पहुँचाना, गोपनीय कोड से सुरक्षा अवरोध खोलना आउ दोसरा कोड पीठासीन अधिकारी के देना ताकि उ नियत समय पर मतदान शुरू कर दे। मतदान के समय खतम होला पर सभे वोटिंग मशीन के जमा करके बज्र गृह तक पहुँचा देना। बाकी दिन भर एक बूथ से दोसरा बूथ तक चेकिंग में राउंड मारेला हल। हम पांच गो बूथ के मतदान प्रक्रिया के प्रभारी हली आउ इ पूरे काम के पालन करल हमर जिम्मेदारी हल। सुरक्षा खातिर एगो दू सितारा पुलिस प्रभारी आउ पांच गो सिपाही साथ में देवल गेल हल।

सात दिन तक सब काम के प्रशिक्षण देवल गेल हल आउ मतदान के एक दिन पहिले बतावल गेल हल लोकसभा क्षेत्र आउ पंचायत के नाम जेकरा में पांच गो बूथ हल। लोकसभा क्षेत्र तs एके हल बाकि जिला तीन गो। हमर बगल वाला जिला जे नक्सली आंदोलन के गढ़ हल। हमरा जे पंचायत में जाय ला हल ओकर हम पहिले नामो न सुनली हल। कयगो लोग से पुछला पर पता चलल कि उ पंचायत जंगल

के बीच हे जेकरा तीन तरफ से पहाड़ी है। हम्मर तs जइसे गोर के तरे से जमीने खिसक गेल। पुलिस अधीक्षक से मिल के कहली कि इ सब इलाका में प्रशासनिक सेवा से जुरल अनुभवी अदमी के ड्यूटी देवे चाहीं। हम तs शिक्षा क्षेत्र से जुरल ही आउ ओहु में पहिला बेर चुनाव काम में जाइत ही। अधीक्षक कहलक कि पहिला कोशिश तs ओइसहीं करल गेल हल बाकि योग्य आदमी के कमी आउ संवेदनशील बूथ के जादे संख्या के चलते अंत में आवंटन कैल गेल। केतनो कहला पर उ नहिये मानलक बाकि कहलक कि आवंटित सभे बूथ पर पहिलही से सीमा सुरक्षा बल के तैनाती कर देवल गेल हे आउ भरोसा देलक कि सीमा सुरक्षा बल वाला सैनिक कइसनो परिस्थिति में साथ न छोरत आउ मतदान के दिन उ क्षेत्र में विशेष केंद्रीय बल के सैनिक के गाड़ी हरदम घुमइत रहत।

अब कउनो रास्ता न हल तs मन मसोस कs तैयार हो गेली उ नक्सली क्षेत्र में जायला जहाँ नक्सली घटना आम बात हल आउ अइसन मौका पर सड़क पर बारूदी सुरंग बिछावल भी सम्भव हल। मतदान के एक दिन पहिले नियत समय पर जिला मुख्यालय पहुँचली आउ अपना हिस्सा के वोटिंग मशीन के डिब्बा आउ छौ गो बिहार पुलिस जवान आउ छौ गो सीमा सुरक्षा बल के जवान साथे तीन गाड़ी पर साँझ में अपन आवंटित पंचायत के ओर निकल पड़ली। तीन गाड़ी में एगो ट्रैक्टर, एगो पुलिस जीप आउ एगो पकरायल सूमो देबल गेल हल। ट्रैक्टर पर वोटिंग मशीन आउ दुगो पुलिस, बाकि पुलिस अपन जीप में आउ सीमा सुरक्षा बल के सैनिक हमरा साथे सूमो पर हलन। पहिला लक्ष्य हल ड्यूटी वाला जगह के जिला मुख्यालय। दुरी तीसे किलोमीटर हल आउ सड़को ठीके हल बाकि तीस मिनट के रास्ता में दू घंटा लग गेल काहेकि ट्रैक्टर के तेज़ चलावे से वोटिंग मशीन के डिब्बा उछले लगइत हल। हियाँ से सुरक्षा गाड़ी के साथे रात भर में सभे बूथ पर मशीन पीठसीन अधिकारी के देबे ला हल।

हियाँ के अधीक्षक सुरक्षा गाड़ी मुहैया कराबे से सीधे मना कर देलक आउ कहलक कि इसब गाड़ी विशेष परिस्थिति ला जिला मुख्यालय में रखल जायत। इ अधीक्षक बकटेटाहो हल। अपना जिला के अधीक्षक के फ़ोन कइली तs उहो उ समय कउनो मदद करे से हाथ खड़ा कर देलक।

इ सब में आधा रात बीत चुकल हल। अधीक्षक कहलक कि आउ सब दंडाधिकारी लोग गेबे करलन हे, अपनहुँ जाई। अब सरकार धोखा दे देलक हे तs हम का कर सकs ही। इ बात सुनके सीमा सुरक्षा बल वाला सैनिक खिसिया गेलन आउ अधीक्षक के साथे बतकूचन करे लगलन। जइसे-तइसे सबके शांत करा के चल परली किस्मत के भरोसे। समय निकलल जाइत हल आउ आगे रास्ता जंगल

होइत कच्ची सड़क हल। जखनिये बीचे खेत माहे एकदम मट्टीवाला रास्ता मिले लगल तऽ सिपाही सब बारूदी सुरंग के भय से एकदम डर गेलन। एकर अलावे घात लगैले बइठल नक्सली हमलावरो के डर हल। सीमा सुरक्षा बल के सैनिक सबके मनोबल बढ़ावित हलन कि आगे चलल जाय जे होवत ओकरा देख लेम। बात-बात पर सीमा सुरक्षा बल के सैनिक आउ बिहार पुलिस के सिपाही में बहस हो जा हल। सीमा सुरक्षा बल के सैनिक कहलक हल कि तू सब डरित है तऽ हमर गाड़ी के आगे चले दे।

एक बेर फिर से बहस चालू हो गेल कि तू अइसे कइसे बोलित है। एक दिन ला अयले हे आउ हमनिये के सिखावित हे कि कइसे आगू बढ़ल जाहे जबकि हमनी कै बरीस से इहे सब में लगल ही। हमरो पारा चढ़ित जाइत हल आसमान में। यदि वोटिंग मशीन समय से न पहुँचत तऽ जिम्मेदारी तऽ हमरे होत। एकर जवाब हमरे देबे के पड़त। कउनो न सुनतइ बिहार पुलिस आउ सैनिक के आपसी बहस के कहानी। तनीसा हमहू खिसियइली तऽ उहो सब जिम्मेदारी समझलक बाकी दू सितारा दरोगा जी अर गेलन अपने तरीका से आगे बढ़े ला। सैनिक लोग भी गाली बकित गाड़ी में बैठ गेलन।

दरोगा के प्लान हल कि सबसे आगे सूमो चलत। कउनो गाड़ी के बत्ती जलावल न जायत। दरोगा जी आउ एगो अनुभवी सिपाही सूमो के बोनट पर बैठतन आउ टोर्च से मद्धिम रोशनी में रास्ता देख के डरेबर के बतयतन। दरोगा जी के मानना हल कि गाड़ी से दूर तक जाये वाला रोशनी घात लगैले बइठल नक्सलियन ला आसान इशारा हो जतइ आउ रोशनी जमीन के समांतर होबऽ हे जेकरा से बिछावल बारूदी सुरंग देखाइ न पड़त। ई योजना के सैनिक सब मजाक उड़ावित हलन बाकि उ मौका पर हमरो अच्छे बुझायल आउ हमरा सहमति से सब गाड़ी चल पड़ल।

अचानक लगल कि गाड़ी के आगे एगो कुत्ता आ गेल। सूमो के चालक टोर्च के धीमा रोशनी में बड़ा मुश्किल से सड़क के अंदाजा लगावित हल। कुतवा के गाड़ी के आगे आवे से एकदम अनसा गेलइ। हम चालक से गाड़ी तनी तेज चलावे ला कहली ताकि कुतवा सड़क के किनारे भाग जायत। चालक गाड़ी के गति बढ़ा देलक कि बोनट पर बइठल दरोगा ढनमनाय लगलन। दरोगा जी चिल्लैलन डरेबर पर आउ डरेबर चिल्लाइत हल कुतवा पर। इ अपने आप में एगो मजेदार घटना हल जे चुनावे समय देखल जा सकऽ है कि एगो चालक दरोगा पर चिल्लाये। आम दिन अइसन होइए न सकऽ है।

कुतवो गाड़ी के आगे तेज दौड़े लागल। चालक गाड़ी के चाल धीमा करलक तऽ कुतवा भी धीमा हो गेल बाकी चलऽ हलक बीचे सड़क पर। गाड़ी के चाल बढ़ावे

आउ घटावे से बोनट पर बइठल दरोगा जी ढनमना जा हलन। उ पीछे ताकलन तᵤ चालक कुतवा के तरफ हाथ से इशारा कयलक। दरोगा टोर्च तेज जलाके बोललन कि कहाँ कोनो कुत्ता है।

आज भोरहि से डरल हली। अब तᵤ धड़कन सीना चीर के बाहर निकले के कोशिश करे लगल। टोर्च के तेज रोशनी में कुत्ता नज़र न आवᵤ हल। अभी तक सैनिक सब जे जोश दिलावे वाला बात से कान पकयले हल, एकदम सकदम हो गेल। दरोगा जी हमनी के डर के समझ गेलन तᵤ धीमे से पुछलन कि अपने लोग के कोई नक्सली के आशंका देखाई परल हे का। बोलते समय उ टोर्च के पीछे कर लेलन तᵤ कुतवा फिनु देखाई पड़ल। डरइत-डरइत चालक बोललक कि कुतवा तेज रोशनी में तᵤ न देखाई पड़ल हल बाकी अब टोर्च पीछे घुमावे से देखाई पड़ित हे। दरोगा अनसाइत बोले लगलन कि तू पागल हे का रे ? हम तुरते कहली कि चालक सच बोलित हे। सैनिक लोग भी हँ में हँ मिला देलन।

अब तᵤ दरोगा जी के भी हवा टाइट हो चुकल हल। उ कहलन कि इ भूत हे कोई। दरोगा जी के साथे बोनट पर बइठल सिपाही कहलक कि एकरा भूत होवल जरूरी न हे। इ भगवानो हो सकलन है जे हमनी के सुरक्षित रास्ता देखावे ला अयलन हे। सूमो के पीछे जीप आउ ओकर पीछे ट्रैक्टर बिना रोशनी बड़ा मुश्किल से चलित हल। उ दुन्नो गाड़ी वाला के कुत्ता देखाई न पड़ित हल। हम अपन साहस जुटाकᵤ कहली कि उ भूत इया भगवान हथ, आगे तᵤ जाहीं ला हे से आगे बढ़ल जाये। एतना देर कुतवो रुकल हल आउ गाड़ी के आगे बढ़ला पर उहो चले लगल। बोनट पर बइठल लोग ओकरा देख न पावित हलन। उ सब बार-बार पुछित हलन कि कुतवा ओतने दूरी पर चलित हे नᵤ।

अचरज के बात तᵤ तब हो गेल जब उ कुतवा एकाएक कच्चा सड़क से समकोण बनावित दाहिना ओर खेत में उतर गेल। हमरा लगल उ पूछित हल कि रुक काहे गेलᵤ, आवᵤ हमरा पीछे। सहमति बनल कि ओकरा पर भरोसा कयल जाये। हमनी के गाड़ी ओकरे पीछे खेत में उतर कᵤ तनी दूर चललक आउ फिर कुतवे के पीछे सड़क पर चल गेल। अइसही एक बेर आउ होलक रास्ता पूरा होबे तक में। सड़क एकदम कच्चा हल जे मुश्किल से खेत से तीन चार इंच ऊपर खेते जइसन हलक जेकरा से चालक के जादे परेसानी नहिये होवइत हल।

आखिरकार उ गांव पहुँच गेली जहाँ पहिले पहुंचे ला हल। गांव में स्कूल खोजे में तनी दिक्कत होलक काहे कि कोई घर वाला पुलिस के देखके जबाब न देवित हल। एगो घर के सामने गाड़ी रोककᵤ सिपाही दरवाजा खटखटयलक त उ घर के मेहरारू सब छत पर चढ़गेल आउ गारी देबे लगल। केतनो समझावे पर कि

हम सब चुनाव कराबे अइली हे, कउनो सुनहु ला न तइयार हल। तनी सुन आगू बढ़ला पर स्कूल मिल गेल जहाँ केंद्रीय रिजर्व फ़ोर्स पहिलही से तैनात हल। उ सब बंदूक तानले नजदीक अयलन आउ पूछताछ करे के बाद हमनी के इस्कूल पर ले गेलन। इस्कूल पर गांव के मुखियो तीन-चार अदमी के साथे हलन जे रहे आ सुते के वेवस्था में लगल हलन। हमनी के जान वापिस मिल गेल हल हियाँ पहुचकs। आउ अच्छा लगलक इ जानकs कि एके गांव के पंचायत हल आउ हमर सभे बूथ इहे पंचायत में हल जे दू स्कूल में बँटल हल। सभे बूथ के पीठासीन अधिकारी आउ मतदान कर्मचारी इहे स्कूल पर हलन। दरोगा जी कहलन कि सुबहे अइजे सभे पीठासीन अधिकारी के वोटिंग मशीन दे देवल जायत। बात सुने में तs अच्छे लागल बाकि हम्मर जिम्मेदारी हल एक-एक बूथ पर जाकs मशीन देवे के तइयो अब सब आसाने लगित हल।

हाथ मुंह धोकs खाय बइठली तs मुखिया जी के तरफ से खायला मिलल भात के साथे मुरगा के एगो पीस आउ कटोरा भर पीला नमकीन पानी जेकरा झोर बोलल जाहे। रात के दू बज गेल हल आउ बूथ पर जाये के काम पांच बजे से शुरू करेला हल। अब दू घंटा सुते के समय बचल हल बाकि हमनी जगल रहे के सोचली हल काहे कि सुतला के बाद नींद टूटे में देर हो सकइत हल। सरकारी स्कूल के मास्टर सब जे पीठासीन इया मतदान अधिकारी बन के आयल हलन, मुखिया जी से जादे काबिल बन के बतिया हलन। जब हम बतियाय में हिस्सा लेवल शुरू करली तs मुखिया जी अच्छा से बात करे लगलन हल। बात बात में पता चलल कि उहो सेवानिवृत फौजी हलन। उ बतयलन कि उ एगो राइफल लेके इस्कूल के छत से गांव के ओर आवे वाला रास्ता पर नज़र गरैले हलन कि गाड़ी के रोशनी दिखाई पड़तक हल तs हमनी लावेला उ पुलिस के साथे आगे आ जइती हल बाकि कुछो नज़रे न अयलक हल। एगो सीमा सुरक्षा बल वाला सैनिक के व्यंग्य करे के मौका मिल गेल जे कहलक हल कि एगो महान अदमी करले हलक उ योजना। बोनट पर बइठ कs टोर्च से रास्ता देखे वाला बातो पर खूब मजाक करे लगलन। ई व्यंग्य दरोगा जी के कान में पहुँचल तs उहो पहुँच गेलन बहस करेला जबकि उ आधा नींद में हलन।

एक बेर फेर से बेमतलब वाला बतकुचन चालू हो गेल। दरोगा जी के राय में हमहूँ साथ देली हल बाकि हमर मन उ बतकुचन में भाग लेबे के नs हल। हम्मर दिमाग ऊ कुतवा आउ ओकर सम्बन्ध भगवान से जोड़े में लगल हल। एक तरफ सीमा सुरक्षा बल के सैनिक आउ केंद्रीय रिजर्व बल के ढेर मानी लोग आउ दोसर तरफ दरोगा जी छौ गो सिपाही के साथे। दरोगा जी के जबरदस्त बेज़्ज़ती होइत

हल। गांव के लोग जे सबेरे जग गेलखिन हल घूमइत फिरइत इस्कूल पर पहुँच गेलन आउ दरोगा जी पर उहो सब हँसे लगलन।

मजाक में एगो सैनिक बोनट पर बइठ कऽ टोर्च जला के देखाबे लगल कि का कैल गेल हल। हम तनी दुरी पर एगो टूल पर बइठल देखित हली। अचानक से हमर दिमाग पर झटका जइसन अनुभव होलक। टोर्च के रोशनी जमीन पर परे के बाद रोशनी के कुछ भाग चारो ओर प्रतिबिम्बित होइत हल। तीन तरफ के हवा में मिल जाइत हल आउ चौथा तरफ के भाग नयका जमाना के गाड़ी में सुरक्षा के साथे सुंदर लगेला लगल क्रोम प्लेट से टकरा कऽ तनी सा आगू दोबारा जमीन पर छितरा के परित हल। नौमा दसमा किलास में पढ़ावल जाय वाला भौतिक शास्त्र के दर्पण आउ परावर्तन समझेवाला आदमी इ घटना के आसानी से बुझ जयतक। जमीन रोशनी के अच्छा प्रवर्तक न हे तइयो तनिको मात्रा में परावर्तन होइए जा हे। गाड़ी में लगल क्रोम प्लेट दर्पण निअर काम करीत हल। दर्पण पर परे वाला तरंग ओतने कोण पर परावर्तित हो जा हल। इहे परावर्तित रोशनी के हमनी कुत्ता मान लेली हल। अब हमरा सब समझ में आ गेल हल कि काहे खाली गाड़ी में बइठले आदमी ऊ कुता देखाई परित हल आउ बोनट पर बइठल आदमी के ऊ परावर्तित रोशनी धब्बा निअर देखाई पड़ते होतइ जेकरा पर ऊ लोग के धेयान न जा हल। जब टोर्च के रोशनी आगे करल गेल तऽ रोशनी के स्रोत ख़तम हो गेल।

सैनिक सब के मजाक जब कुतवा तक पहुचल तऽ सभे एक बेर सकदम हो गेलन आउ अब चर्चा के विषय अजनबी कुता हो गेल जे गांव अवते बिला गेल हल। यदि हम उनका सबके समझावे जइती हल तऽ बहुते माथा खपत होत हल। अइसहूं सबेरा होवे वाला हल आउ हम मशीन बांटे चल गेली।

दिनभर के पेट्रोलिंग के समय सैनिक सब कुतवा के लेके दिमाग खाइत रहलन। एगो बूथ पर गाड़ी रोकवइली आउ ऊ घटना के भौतिकी के साथ जोड़े में लग गेली हल। मने मने फुदकित रहली कि हम तऽ सचाई जानऽ ही आउ एकरा में कोनो राज के बात न हल।

साँझ में मतदान ख़तम होला पर सब वोटिंग मशीन के लॉक करवा कऽ मशीन संग्रह केंद्र के ओर चलही वाला हली कि खबर आइल रुके ला। पुलिस अधीक्षक के खुफ़िया जानकारी मिलल हल कि ऊ गांव के रास्ता में बारूदी सुरंग बिछावल है। ऊ प्रशिक्षित अर्धसैनिक बल के साथ स्ट्राइकर व्हीकल भेजित हल। फूलकल मन एक बेर फिर चिंता में डूब गेल। दिन में मुखिया बढ़िया झोर वाला मुरगा के मीट बनवयलक हल बाकि अब भूख बचलें न हल।

ऊ सुरक्षा गाड़ी अयलक आउ हमनी के बतावल गेल कि दू जगह जिन्दा बारूदी सुरंग हे जे कम से कम दू दिन पहिले लगावल गेल हे बाकि अब चिंता के बात न हे काहे कि ऊ जगहिया पर निसान पार देल गेल हे आउ हमनी रास्ता से उतर के खेत माहे चल जायम। जे जगह बतावल गेल हल ओहि दू जगह हमनी के गाड़ी सड़क से खेत में उतरल हल। सबके सब डर गेलन बाकि इ काला कपड़ा वाला कमांडो के आवे से तनी राहत महसूस करित हलन। हुआँ से जल्दीये निकलली काहे कि मतदान मशीन के समय से बज्रगृह पहुँचावे ला हल। हम्मर सिटी पिटी सब गुम हो गेल हल। जेतना दिन भर भौतिकी के परिभाषा से जोड़-घटाव करली हल ऊ सभे के हवा निकल चुकल हल। यदि रौशनी के परावर्तन के कारण बनल प्रतिबिम्ब के हम कुत्ता मान ले ली तs बारूदी सुरंग वाला जगह पर ऊ सड़क छोर कs खेत में कइसे उतर गेल हल। रस्ता भर सब बतियाइत रहलन कि कइसे हमनी सबके भगवान बचयलन हल कल रात में। सांचो में उहे जगहिया पर बारूदी सुरंग निकलल हल जहाँ पर कुतवा के पीछे-पीछे हमनी के गाड़ियो खेत में उतरल हल। हालाँकि अब कउनो दूसर सुरक्षा समूह द्वारा बारूदी सुरंग के निष्क्रिय कर देल गेल हल। बज्रगृह में सभे मशीन जमा करवा के जब वापस घर पहुँच गेली तs जान में जान अयलक।

हमरा लागी इ पहेली एक बेर फेर अबूझ रह गेल। संभव हे उ दिन वास्तव में कुते हल जे हमर गाड़ी के आगू चलित हलक। कुत्ता के सूंघे के ताकत जादे होबs हे जेकरा से ऊ खतरनाक जगह पर रस्ता बदल देलक हल। फेर एगो सवाल हे कि ऊ कुतवा हमरे गाड़ी के आगे-आगे काहे चलित हलक जेकरा से हम सब बारूदी सुरंग से बच निकलली हल। सोचे में मजबूर हो जाही कि ऊ कुत्ता हमनी के जान बचावे वाला भगवान के भेजल देवदूत हल इया भगवान खुदे हमनी के बचावे खातिर आयल हलन, फेर दिमाग में एगो तर्क आवित है कि कोरलका सड़क के कौनो ढेला से परावर्तित रोशनी एक तरफ घूम गेल होतs आउ दरोगबा अपन टोर्च ओनहि घुमा देलकs होत आ ड्राइवर गाड़ी के ओनहि घुमा देलक। कारण चाहे जे भी हलक हमनी उ दिन बारूदी विस्फोट से बच गेली हल। इ भगवान के किरपा जरुरे हल। हम तs एही मानs ही कि भगवान अपने हिरदा के अंदर हथिन जे जरूरत परला पर राह देखा दे हथिन। अपन मन साफ़ हे तs भगवान कउनो रूप में दिख जा हथिन आउ अपन मन मैला हे तs भगवान सामने खड़ा रहला पर भी देखाइये न परित हथिन।

6

अबूझ पहेली

आदमी के द्वारा धरती पर बसल दुनिया, तारा, ग्रह, के अलावे सरग आउ नरक के कल्पना करल गेल हे। अइसे तs सरग इया नरक के बात पूरे कल्पना लगs हे। एकर अलावे दुनिया के संरचना बड़ा विचित्र हे जे एगो आदमी के समझ से बाहर हे। कहल जाहे कि इ दुनिया के रचना भगवान, गॉड, इया अल्लाह के द्वारा करल गेल हे। खाली हिन्दू धरम में तैंतीस करोड़ देवी-देवता के बात करल जाहे तs इ सृष्टि में केतना तरह के जीव-जंतु होत, अभी तक केकरो समझ से बाहर हे। दुनिया में आदमियों बहुत तरह के हथिन। ओइसही अन्य जीव-जंतु भी तरह-तरह के होबs हे। ओहुसे कुछ हिंसक, कुछ दयालू, कुछ निर्दयी होबs हे आउ कुछ ओइसनो जीव हो सकs हे जेकरा दोसरा से कुछ्छो लेना देना न हे। इ सब तs ओइसन जीव जंतु के विषय में हे जेकरा धरती पर इया जल में इया हवा में उपस्थित हे।

एकर अलावे कुछ मनुष्य के द्वारा अलौकिक शक्ति जइसे भूत-प्रेत इया कउनो अमानवीय शक्ति के भी कल्पना करल गेल हे। इ कल्पना कमजोर आदमी के डराबे वाला सबसे बड़का उपाय आउ डर के धंधा से पइसा कमाये वाला के लेल बढ़िया आउ आसान काम हे। अइसे तs कहल जाहे कि भय के नाम भूत हे बाकि अनेको कहानी सुनेला मिलs हे जे भूत के मौजूदगी साबित करे वाला आउ कयगो कहानी जे इ सब के पूरे झुठला देहे।

अइसने एगो कहानी इया कहीं तs एगो सच्ची घटना हे जेकर अंत में अपनहुँ निर्णय कर सकs ही कि भूत वास्तव में होबहे इया एकर सोच पूरे कोरी कल्पना हे।

हमर गांव राष्ट्रीय उच्च पथ पर स्थित हे इया कहीं कि राष्ट्रीय उच्च पथ हमरे गांव के बीच से गुजरल हे। पक्की सड़क होवे के कारण हमर गांव कयगो शहर से जुड़ल हे। बस, जीप, टेम्पो, टोटो एतना मानी चलs हे कि आवाजाही एकदम

आसान हो गेल हे। साथे गांव में बाग़-बगीचो के इस्थिति देखइते बनs हे। राखी के अवसर पर एगो लइका अपना बहिन के घर आयल। उ लइका भी एगो गांवे के रहे वाला हल बाकि इ गांव के हरियाली आउ बाग़ बगइचा निअर ओकर गांव में कुछो न हल। इ सब देखकs ओकरा इ गांव में खूब मन लग गेल तs ओकर जीजाजी भी कुछ दिन अउर रहे ला कहलन। राखी पर्व मनावे के बादो उ अपन घर न गेल आउ बहिन के घर में रहे लगल। उ लइकवा के रोज के एक काम हल। भोरे-भोरे उठके पोखरा सब के चारो तरफ घूमs हल। फेर घर पहुंचकs नास्ते में खाना निअर भरपेट खा ले हल आउ निकल जाये घूमे ला।

गांव में जेतना बगइचा हल, सब में दिन भर घूमित रहल हल। आम के समय खतम हो गेल हल आउ आम के बगइचा अब वीरान जंगल निअर लगित हल आउ हरेक बगइचा में लइकन सब कबड्डी, क्रिकेट, गुल्ली डंडा आदि खेलित रहs हलन। बगइचा के मालिको सब के अब आम चोरी के डर न हल से लइकन के खेलेला अनुमति देले हलन। सब बगइचा में लइकन के हंगामा चलित रहे से ओहो लइका के घूमे में मन लगित हल आ सब लइकन से जान पहचान भी हो गेल हल। ओहो लइका सब के साथ खेले में लगल रहs हल।

अइसही एक दिन उ लइका सबेरे घर से खा-पी कs निकलल बाकि साँझ में बेर डूबे के बादो लौट के न आयल। पहिलहूं अइसे करित हल कि लइकन सब के खेल में देर कर लेबे आउ देर रात लौटित हल से घर के लोग ध्यान न देलन। जब जादे रात हो गेल आउ तबो उ लइका लौट के न आयल तs खोजबीन शुरू हो गेल। आस-पड़ोस के लइकन सब बतैयलक कि कउनो आज भोरहि से ओकरा न देखलक हे तs ओकर बहिन, जीजा आउ घर के बाकी लोग घबरा गेल। सबके सब टोर्च आउ लाठी लेके खोजे निकललन। लइकवन के अनुसार उ जहाँ-जहाँ जा हल उ सब जगह खोजल गेल बाकि ओकर पता न चलल। बड़ा गांव में एक परिवार के दूसरा परिवार से कउनो न कउनो कारण से टनटुन होइते रहs हे। कहीं कउनो दुश्मनी साधे ला लइकवा के मार देले होवे के आशंका पर सब टोर्च जलाकs हर जगह खूनो के निशान खोजे के कोशिश कयलन आउ कुछो पता न चलल तs खोज के दायरा बढ़ावल गेल। समूचे गांव में हल्ला हो गेलक कि दोसर गांव के आयल लइका गायब हो गेल हे। इ समाचार से समूचे गांव में उथल-पुथल मच गेल आउ लगभग पूरे गांव के लोग खोजे में लग गेलन। उ जमाना में मोबाईल फोन नाम के कउनो चीज न होबल करs हल आउ केकरो-केकरो पास चोंगा वाला टेलीफ़ोन रहs हल। सबके एगो विचार अयलक कि कहीं उ बिना बतयले अपन घर तs न गेलक हे। बात तs अजीब हल बाकि ओइसनो सोचनाई जादे गलत न हल। संयोग से ओहि टोला में

एगो परिवार में टेलीफोन हल आउ पूछे पर पता चलल कि हुओं नहिये पहुँचलक हे। अब बात उ गांव में भी पहुंच गेल जेकरा से उ लइकवा के अपन घर के आदमी के साथे-साथे गांव के लोग भी परेशान हो गेलन। जेतना मुंह ओतने तरह बात होबे लगल। जे लोग रोड पर गुमटी चलावल करঃ हलन उहो सब कहलन कि यदि दोसरो जगह जायला रहित हल तঃ कउनो गाड़ी पकड़े ला तঃ रोडवे पर आवत हल बाकि कोई देखलक न ओकरा।

सबके अचरज इ बात से होइत हल कि उ लइका सबेरे घर से निकलल ओकर बाद दिन भर में कोई न देखलक हल। पूरे रात लोग चारो तरफ घुमित रहलन बाकि भोरो तक कुछ पता न चलल।

भोरे-भोरे उ लइकवा के घर के लोग के साथ गांव में लोग हियाँ पहुचलन तঃ मामला आउ गंभीर हो गेल। उ लोग के कुछ संदेह उ लइकवा के जीजा पर हो गेलक लइका के गायब करे में। पुलिस के खबर देवल गेल। गांव के कयलोग अपन नौकरी धंधा छोर के पुलिस के साथे खोजबीन में लगल हलन अपना गांव के इज़्ज़त के नाम पर। अगिला दिन सघन तलाशी होलक पूरे गांव में, एक-एक घर के कोना, खेत बगीचा। कहीं कोई चिन्हासीयो न मिलल। उ लइकवा के बहिन, जीजा के साथे घर के सभे आदमी के रो-रोकঃ बुरा हाल हल। सबके एके अचरज होइत हल कि कोई देखवे नঃ कैलक कइसे।

कई दिन के गहमागहमी के बाद धीरे-धीरे गांव के लोग अपन-अपन काम में लग गेलन आ लइकवा के खोजे के पूरे जिम्मेदारी अब पुलिस के मत्थे आ गेल। पुलिस रोड पर चले वाला सभे भाड़ा गाड़ी के डरेबर, कंडक्टर के लइका के फोटो देखाकঃ पूछताछ तीन चार दिन तक करित रहल बाकि कउनो सुराग न मिलल। एकर बाद पुलिस उ लइका के माय-बाप आउ परिवार के दूसर सदस्य से लइका के विषय में पूछताछ करलक। पूछताछ में लइका के बाबूजी एगो बात इहो बतयलन कि ओकरा पढ़ाई में मन न लगঃ हल। बस पुलिस के एगो बहाना मिल गेल कि लइका के पढ़े में मन न लगঃ हल आउ घर वाला के पढ़े जायला दबाब बनावल जाइत हल से उ घर छोड़ के भाग गेल। एही निष्कर्ष पर पुलिस आगे के जाँच बंद कर देलक।

उ लइकवा जहां आके रहित हल, उ टोला डीह कहावঃ हल। उ टोला आउ गांव के खरंजा सड़क के बिच दखिन तरफ एगो विशालकाय बगइचा हल जेकरा में आम, अमरुद, लीची आउ जामुन के पेड़ हल। पेड़ सब के टहनी आउ फुनगी एतना झमटगर हल कि जेठ महीनो में जमीन पर घामा के एक्को किरण न पड़ित हल। दुपहरियो सांझ निअर बनल रहे। फल के मौसम में बगइचां के मालिक लोग सुरक्षा

ला बगइचा के बांस आ टाटी से घेर दे हलन आउ साल के बाकि दिन उहे बगइचा के बीच माहे डीह पर जाये के पतला रास्ता बन जायल करऽ हल। मुख्य सड़क से खरंजा सड़क होकऽ डीह पर जाये के तुलना में इ बगइचा माहे जाय में एक तिहाई से भी कम दुरी हल से पैदल चले वाला लोग एहि माहे चलल करऽ हलन।

उ बगइचा के बीचो बीच एक बड़का व्यास के बड़ी गहराई वाला कुआं कोरावल गेल हल बगइचा के मालिक लोग द्वारा जेकरा इस्तेमाल होवऽ हल फल के मौसम में मोटर पम्प लगाकऽ पेड़ सब के पटवन। बाकी समय में उहो कुआं मक्खिये मारित रहऽ हल काहे कि उ कुआं के कउनो इस्तेमाल न हल।

लइकवा के गायब होबे वाला घटना के करीब एक महीना बाद एगो अजीब खोज होयलक गुल्ली डंडा खेले वाला लइकन सब से। खेलित खेलित एक बेर गुल्ली ओहे कुआं में गिर गेल। जब लइकवन सब कुआं में झांकलन तब देखलन कि पानी के सतह पर कुछ अजीब चीज तैरित हल आउ कुआं से सड़ल गंध आवित हल। सबके समझे में जादे देर न लगल। उ लइकवा ओहि कुआं में पाइल गेल आउ एक महीना में पानी में सड़ला के बाद कउन हालत में होत से अंदाज़ा लगावल जा सकऽ है। ओकर कपड़ा के रंग से पहचान करल गेल हल। एही अंदाज़ा लगावल गेल कि उ अन्हारे-अन्हारे हियाँ अयलक होत आउ पेड़ के डाली से इया कुआं के लहरा पर बइठल होत आउ धोखा में गिर गेल होत। एकदम अन्हारे घर से निकलल से ओकरा कोई न देखलक आउ ओतना सवेरे बगइचा के तरफ कउनो न गेल हल से गिरे के आवाज़ कोई न सुनलक। खराब बात तऽ इ होलक हल कि लोग सब बगइचा के सब पेड़ के डाली पर ध्यान से देखलन हल बाकि कउनो कुआं में झांकलन न हल। उ तऽ आज लइकन के गुल्ली गिर गेल कुआं में आउ एक महीना के अबूझ पहेली के रहस्य खुल गेल।

घटना के रहस्य खुलला से लइका के परिवार वाला सब पर दुःख के पहाड़ टूट पड़ल। बाकि गांव के सब लोग के एगो नया नौटंकी शुरू हो गेल। रोज एगो नया कहानी के शुरुआत हो जाये। एक किस्सा निकलल कि एगो आदमी उ कुआं के बगल से गुजरित हल तऽ कुआं से लइकवा के भूत निकल के कहलक कि ओकरा बचावे कोई न अयलक से उ सब के कुआं में खींच के मार देत। उ आदमी सर पर पैर रखकऽ भाग खड़ा होलक हल बाकि इ पता न चलल कि उ आदमी के हल। अइसने-अइसने कइ गो कहानी प्रचलित हो गेल जेकरा में सबसे जादे अनुभव कइल गेल कुआं से जब-तब आवे वाला आवाज। एकर बाद उ रास्ता लगभग बंदे हो गेल चले फिरे ला। दिन दुपहरिया में जादे आदमी एक साथ चलऽ हलन तबे उ सब उ रास्ता से जा हलन न तऽ खरंजा वाला सड़क से होकऽ जायल करऽ हलन सब लोग। सबेरे

पहर इया साँझ में ओने से जायला कउनो सोचवो न करित हल।

उहे गांव के एगो निवासी हलन जे दूसर शहर में प्रोफेसर हलन। उनकर गांव में रहना नहिये के बराबर हल। साल दू साल पर परब त्यौहार में गांव आवऽ हलन। उ बेर दसहरा के छुट्टी में परिवार के साथे घर अयलन हल। उनकर घर गांव के बीच से गुजरित राष्ट्रीय उच्च पथ के किनारे हल। उनकर एगो पुराना मित्र हलन डीह पर रहे वाला। प्रोफेसर साहेब के उनका से मुलाकात होलक तऽ उ कहलन कि आजकल हमरा हियाँ खूब दूध होवित हे। तीन गाय दूध देवित हे। ओतना दूध घर में खरच नहिये होवऽ हे से बेचवे करऽ ही। अपनहुँ के दूध के जरूरत हइये हे से दूध लेवे ला अपना लइका के भोरे भेज देवल करी आउ साँझ के हम ओनहि सेंटर पर दूध पहुंचावे अयवे करऽ ही से तखनिये अपनहुँ ला ले ले आयम। इ दूध लावे के काम पकरावल गेल छोटका लइकवा के। उ लइकवा बहुत तेज हल बाकि भीर के काम करे में ओतने आलसी। आलसी के इ मतलब न कि उ काम करल न चाहऽ हल बल्कि उ कउनो काम के कम मेहनत आउ कम समय में करे के कोशिश करऽ हल। ओकर बढ़िया से समझा बुझा देवल गेल कि चाहे केतनो दूर पड़े आ जेतनो समय लगे बाकि जायेला हे खरंजे होके। पहिला दिन गेल भोरे तऽ तीन किलोमीटर जाये परल आउ फिन आवे में तीन किलोमीटर चले पड़ल। एतना दूर चले में घामा हो गेलक जेकरा से पसीना से लथपथ आउ थकल निअर अयलक हल। पहिला दिन एतना चले पड़ल हल से थकावट जादे महसूस करलक। कउनो लइका बतयलक कि बगइचा माहे जाय में एके किलोमीटर पड़त हल। उ मने-मने तय कर लेलक कि अगिला दिन उ दूध लावे बगइचे माहे जायत आउ कुआं के नजदीक जाइते दौड़कऽ भाग जायत जाले ला कोई निकलत आउ पकड़े ला करत। उ लइका एतना तेज हल कि इ बात उ केकरो न बतैलक आउ अगिला दिन हिम्मत करके ओहि बगइचा वाला रास्ता से चल पड़ल। शुरू में तऽ सब ठीके बुझायल। बगइचा में अइसन सनाटा हल कि दिनों में झींगुर के आवाज सुनाई पड़ित हल। कुआं के सामने तक कोनो दिक्कत न बुझायल। कुआं से अभी तनके आगे बढ़ल हल कि अचानक कुआं से जोरदार आवाज आयल जइसे कि कुआं में कुछ गिरल होत। उ लइका कमंडल लेले तेजी से भागल बिना पीछे देखले। जब बगइचा पार हो गेलक तऽ पीछे मुड़ कऽ देखलक बाकि अबकी कुछो नजर न आयल। वापसी में उ बड़के रास्ता से अयलक हल आ केकरो कुछो न बतैलक।

ओहि दिन दुपहरिया में साथी संगति के साथ उ लइका खेलित हल आउ हंसी खेल में सुबहे के बात सबसे बता देलक। दुगो लइका ओकरा दबारल कि अइसन खतरा के काम काहे कइले जब हल्ला हे कि उ कुआं में भूत रहऽ हे। कइगो लइकन

डेरा गेल आउ कहलक कि बिहान से तोरा साथे खेले न आयम बाकि दुगो लइका के शौक चढ़ गेल कि चल के भूत देखे चाहीं। बाकि सबके डेरायला पर बतैलक कि दसहरा शुरू होबे के दिन ओकरा लहसुन के माला पहिनावल गेल हल से भूतवा ओकरा कुछो न बिगारत। फेर तs सबके हिम्मत बढ़ गेल। अपन-अपन माय से कंमरतागा में बांधल गेल हींग के पोटरी आउ लहसुन के माला के बदौलत सब पहुंच गेलन कुआं पर। फिन से आवाज आइल भटाक फिन चभाक। सबके सिटी पिटी गुम हो गेलक। आधा से जादे लइकन तs भाग खड़ा होलक। कुछ लइकन के अभियो अप्पन माय के देवल सुरक्षा कवच पर पूरा भरोसा हल। फिन से कुआं से चभाक के आवाज होल तs सब थरथराइत गेलन कुआं में झांके।

अगिला नज़ारा आउ मनोहर हल। कुआं में करीब एक फिट के एगो गरई मछरी हल जे तनीसा बाहर निकलित हल आउ फिर वापिस डुबकी मार देवित हल। कुआं में पानी के सतह पर ढेर मानी पत्ता तैरित हल जेकरा पर मछरी के उछले से आवाज पैदा होवित हल। हालाँकि अंदर के आवाज बहुत जादे न हल बाकि घुप अन्हरिया आउ शांत वातावरण में गहरा कुआं में हल्का आवाज भी गूंज के जोर से आवाज बन जाइत हल। अब कुआं से आवे वाला आवाज के रहस्य से भी पर्दा उठ चुकल हल।

सब लइकन खुशी-खुशी अपन-अपन घर अयलक। आउ लइकन तs अपना घर उ समाचार बतावे के साहस न कैलक बाकि प्रोफेसर साहेब के लइका हिम्मत करके अपना घर में अपन कारनामा सुनयलक तs पहिले तs दू चमेटा मार खयलक अपन माय से इ बदमासी ला बाकि आस पड़ोस आउ गांव के अउर लोग से जे सब इ समाचार सुनलन ओकरा साहस आउ बहादुरी ला सराहना करित शाबासी देलन। अचानक से पूरे गांव से भूत के भय गायब हो गेल आउ उत्सुकता में सब लोग जाय लगलन कुआं के मछरी देखे ला। कुआं के जमीन तल में मछरी, बेंग, कछुआ आदि रहबे करs है। अक्सर गरई मछरी जादे से जादे चार-पांच इंच के होबs है आउ मारल जाहे आदमी द्वारा खायला। लाखों में कोई एक बिरले गरई मछरी बड़ा होवल करs हे एक से डेढ़ फिट के आउ खूब मोटा जाहे। ओइसने एगो मछरी उ कुआं में हो गेल हल जे अब गांव के एगो धरोहर समझल जा सकित हल।

दसहरा के बाद प्रोफेसर साहब अपन परिवार के साथ इयूटी पर चल गेलन। अब उनकर लइका उ शहर के अपना मोहल्ला आउ इस्कूल में अपन बहादुरी के किस्सा सुनावल करे कि कइसे उ अपना गांव से भूत के भय दूर कर देलक हल।

छठ पूजा में फेर से प्रोफेसर साहेब परिवार के साथे गांव अयलन। पहिलही से बात हइये हल कि दूध लावेला जायला हे ओइजे से। पड़ोस के एगो औरत कहलन

कि सयाना लोग तᵃ चलल करित हथन उ बगइचवा वाला रास्ता से बाकि छोटा बच्चा के उधर से जनाइ ठीक न हे काहे कि बगइचा के कुआ में भूत रहᵃ हे। प्रोफेसर साहेब आउ लइकवा अकचकायल कि अभिये एक महीना पहिले तᵃ रहस्य से पर्दा हटा के गेली हे। अब कहाँ से टपक गेल नया भूत तᵃ उ औरत कहलक कि गांव के फलना ओझा आउ फलना भगत जी बतयलन हे कि कहीं गरई मछरी एतना बड़ा होवᵃ हे। ओकरा में भूत समाइल हे ओहि से ओतना बड़ा देखाई पड़ित हे। भगत जी तᵃ एहो बतैयलन हे कि रोज उ अपन रूप बदल ले हे। प्रोफेसर साहेब तनी समझावे के कोशिश करलन कि अइसन होबᵃ हे। अगर विश्वास न हे तᵃ कउनो मछरी पकड़े वाला इया मछरी के रोजगार करे वाला से पूछ लेवल जाय बाकि कउनो बात माने ला तैयार न होल। एगो पड़ोसी तᵃ बतयलक कि अगिला साल आम फरे से पहिले बगइचा मालिक के द्वारा भगत जी से जोग जाग करवावल जायत। तभिये रखवाली ला कउनो तैयार होवत।

अंत में प्रोफेसर साहेब हार मान लेलन कि जब तक गांव में ओझा गुनी जइसन ठग रहत आउ पांड़े जी पूजा के नाम पर मोटा रकम असूलित रहतन ताले तक लोग के दिमाग से भूत न उतरत आउ संसार में इ किस्सा अनसुलझले रहत। नज़र उठाके चारो-तरफ घुमाबे से देखाइत पड़ित हे कि बहुत लोग के दिमाग पर तरह-तरह के भूत सवार हे जइसे कि धर्मान्धता के भूत, धरमकटटरता के भूत, सत्तालोलुपता, कामान्धता के भूत आदि जेकरा से सम्पूर्ण विश्व में हिंसा, अविश्वास आउ अशांति के वातावरण बनल हे। न जाने कहिया महामानव के अवतार होवत जे इ अबूझ पहेली के सुलझा के मानवता के पाठ पढयतन जेकरा से सम्पूर्ण विश्व में मानव कल्याण होत।

7

मलुआ चउक

राष्ट्रीय राजमार्ग २८ पर बरौनी आउ मुज़फरपुर के बीच एगो जानल पहचानल जगह है मलुआ चउक। उ जगह शहर से बहुत दूर है। हियाँ पर न तो कोई बजार है, न कोई मंदिर मस्जिद इया कोई धार्मिक स्थान। एगो दूगो टाटी के बनल चाय के दुकान, एगो पान के दुकान आउ एगो साईकिल के मरम्मत करे वाला दुकान यहां पर हल। तनी दूरी पर एगो बच्चा वाला स्कूल है। बाकि हियाँ पर टेम्पू, छोटा बस इया कोच बस जे सड़क पर चलs है,रुकवे करs है। आस पास के गांव के लोग हियाँ पर केनहुँ जायेला बस पकड़े आवs हथ। सभे बस के कन्डक्टर या टेम्पू, जीप के डरेबर इ चउक से भली भांति परिचित हथ। कउनो बस के कन्डक्टर बस के चउक पर पहुंचे से पहिलही चउक के नाम चिल्लाये लगs हथ आउ यात्री सब से पूछs हथ कि कउनो उतरे वाला हs। यदि कउनो उतरे वाला रहs है तs बस के रोक के उनका उतार दे हथ। यदि कउनो उतरे वाला नहियो रहs है तइयो बस के रोक के उ स्थान के नाम बोलs हथ जहां तक बस जाये वाला रहs है आउ एको यात्री रहs है तs ओकरा जरुरे चढ़ावs हथ। एतना प्रसिद्ध बनल है इ जगह।

असल में राष्ट्रीय राजमार्ग इ जगह पर पुरबे पश्चिम दिशा में है। मलुआ चउक से पूरब आउ पश्चिम दुन्नो दिशा में थोड़ा दूरी पर बरका बरका गांव है। साथे उत्तर आउ दखिन दिशा में पतले कच्ची सड़क है आउ उहो दू-दू गांव के रस्ता है राजमार्ग पर आवे के। अइसन भौगोलिक बनावट के कारण इ स्थान हजारो आदमी सब के लेल अघोषित बस पड़ाव बनल है।

एतना प्रसिद्ध जगह के नाम मलुआ चउक सुन के अचरज जरुरे होवs है। पहिला बेर यहां पहुंचे वाला आदमी पूछिये दे हथिन कि इ जगह के नाम अइसन काहे रखल गेल हल। जगह के नाम कउनो महान आदमी से रखल जाहे जैसे कि

गाँधी चउक इया कउनो देवी देवता के नाम से रखल जाहे जइसे कि काली घाट, ब्रह्म स्थान आदि इया आसपास के कौनो सामाजिक कार्य करे वाला इया कौनो दबंग व्यक्ति के नाम से रखल जाहे बाकि इ नाम उ सब में कोई न हे। इ जगह के नाम जे घटना के बाद रखल गेल हल, उ सब हमनी के आँख के सामने गुजरल हल।

आज से करीबन साठ साल पहिले के एगो घटना हे। हमर गांव उ चउक से पश्चिम के तरफ हे। माने कि हमरा गांव से उ चउक तक जाय लागी पूरब माहे चले पड़त। साठ साल पहिले एक बड़ अजीब जइसन घटना घटल हल। हमर गांव के लोग के एके धंधा हे खेती। एक दिन करीब सबेरे आठ बजइत होत। गांव के सभे लोग अपन अपन काम में व्यस्त हलन। जादे लोग अपना काम से खेत में पहुँच गेलन हल बाकि कुछ लोग खेत में जायेला सड़को पर हलन। राजमार्ग पर तीन गो अदमी पैदले पश्चिम से पूरब की ओर जाइत हलन। सड़क पर पैदल चलना तs कौनो खास बात न हे काहे कि उ सड़क से रोजे हज़ारों अदमी आवाजाही करs हलथिन बाकि तीनो के पहनावा आउ चले के तरीका गांव ले लोग के खटक गेल हल। लोग के धेयान ओकरा ओर चल जा हल। एगो जे सबसे उमरगर हल उ ब्रासलेट धोती आउ मटका के कुरता पेन्हले हल। दोसरका महंगा कपड़ा के पैंट आउ शर्ट पहिनले हल जेकर उमर उनइस बीस साल रहलक होत आउ तीसरा पैजामा कुरता पहिनले हल जे साधारण हल। बाकि लोग के अचरज के कारण हल कि महंगा धोती कुरता पहिनले आदमी अपना कन्धा पर एगो बड़ा गो हथौड़ा रखले हलक। पैंट शर्ट वाला आदमी अपन छाती से सटाकs एगो गन्दा कपड़ा में बान्हल मोटरी कस के पकड़ले हल आउ तीसरा के हाथ में एगो झोरा हल आउ ओकरा कुरता के धोकरी लटकल हल जइसे के कौनो सात-आठ इंच लम्बा कउनो लोहा जइसन समान रखले हल। झोरा में रेडिओ जइसन समान लगइत हल। ऊ तीनो के देखइत मन में शंका हो जा हल। जे कोई ओखनी के देखलक हल, एक बेर ठिठक जा हल बाकि ओकर सब के टोके के कोई हिम्मत नहिये करलक। अइसहुँ सब अपन अपन काम के फिकिर में हलन। ओकरा सबके टोककs उलझन लेबे के कोशिश न कयलन आउ सब गांव पार कर के उहे चउक के नजदीक पहुँचलक। तहिया वहां धनीराम उर्फ़ धनिया नाम के आदमी के चाय नास्ता के दोकान आउ मलुआ के पान दोकान होबल करइत हल। वैसे मलुआ के कौनो और नाम रहलइ होत बाकि उहाँ के लोग ओकरा मलुआ पुकारइत हलन। धनिया के घुघनी आउ चिउरा नामी हलक जे कारण से हमेशा दस बारह आदमी के भीड़ लगले रहइत हल। आस-पास के खेत में काम करे वाला लोग थक जा हलन तs ओहि दोकान पर आकs बैठs

हलन आउ आपस में हंसी मजाक करइत रहलन। इ तरह उ दोकान पर भीड़ लगले रहऽ हल।

जब उ तीनु चउक के नजदीक पहुंचे वाला हल कि हुआँ के सभे लोग के नज़र उनकर तरफ चल गेल आउ सभे लोग के बीच चर्चा के एगो नया विषय आ गेल। कोई कहलक कि उ लोग ब्लौक के नया साहेब हथीन जे शायद बस के खराब हो गेला से पैदले चल परलन हे। कोई कहलक कि सड़क सर्वे वाला लोग हथिन। ग्रामीण बैंक के कर्मचारी से लेके सरकारी इस्कूल के मास्टर साहेब होए के अनुमान लगावल जाइत हल। सबकोइ अपन-अपन अक्किल के मोताबिक अनुमान लगावते हलन कि उ तीनो चउक के एकदम नजदीक आ गेलक। हथौड़ा, मशीन आउ मोटरी देखते सबके सिटी पिटी गुम हो गेल आउ सब एक साथ एकदमे चुप हो गेलन बाकि मलुआ जोर से चिललैलक कि कहीं इ सब डकैत तऽ न हे। सभे आदमी मलुआ के ओर देखे लगलन आउ एगो आदमी गुस्साइत कहलक अइसनो होबऽ हे कि दिन दहाड़े आउ उहो एतना चालू सड़क पर डकैत खुलेआम पैदले चलऽ हे आउ उहो एतना निम्मन कपड़ा पहिन के। एकर दिमागे का उलट गेलइ हे। चिल्लाहट आउ कुनमुनाहट के आवाज़ उहो तीनु सुनिए लेलक होत। पता न उ सब का सोचलक हल। दोकान पर के सभे लोग के मुंह मलुए के तरफ घूमल हल कि अचानक मलुआ के का सुझलक जे पान के गुमटी से कूद गेल आउ लपकइते उ तीनो आदमी के ओर बढ़लक ओकरा से पूछताछ करे के विचार से।

कहावत हे कि चोर कि सहे इंजोर। सब लोग देखलन कि उ तीनो सड़क से उतर कऽ चाट होइत खेत में भागे लगल। पलक झपकित सब लोग बुझ गेलन कि मलुआ के शंका सही हल आउ लगलन सब मिल के खदेड़े। गांव के किसान धोतियो के ठेहुना से ऊपर कमर में लपेटकऽ पहिनऽ हथिन जेकरा चलते इनका सब के दौड़ना आसान हल, बाकि उ तीनो ओतना तेज नऽ भाग पावित हल। आगे एगो बड़का खेत में ईंख लागल हल आउ कुछ मजदूरा ईंख के कटाई में लगल हल एक किनारे में। उ तीनो ईंख के खेत के दोसर तरफ से ईंख के खेत में घुसे चाहलक। उ सब सोचलक होत कि बड़का गो ईंख के खेत में कन्हूँ लुका जायम। पीछे से खदेड़े वाला लोग ज़ोर से चिलयलन घेरऽ, घेरऽ, पकड़ऽ। हल्ला सुनइते घेरऽ काटे वाला सब मजदूर खड़ा हो गेलन। अब तऽ उ तीनु आगे आउ पीछे दुन्नो तरफ से घेरा गेलन हल। अचानक पैंट-शर्ट वाला आदमी पिस्तौल निकाललक आउ ईंख काटे वाला मजदूर पर गोली चला देलक। उहो मजदूर सब हलन सावधाने। हाथ में पिस्तौल देखइते एके बेर सब बैठ गेलन। जेकरा से पिस्तौल के गोली केकरो न लगल। हो सकऽ हल इ इस्थिति में तीनों के सामान छिना जाइत हल आउ उ सबके छोड़ियो देल जा सकऽ हल इया

पुलिस के हवाले कर देबल जाइत। बाकि पिस्तौल से गोली चला कऽ उ सब अपन मौत के बोला लेलन। पिस्तौल वाला आदमी एक बेर फिर गोली चलावे के कोशिश कइलक हल बाकी एक बेर फिर मिस फायर हो गेल। ताबे तक पीछे से खदेड़े वाला लोग नजदीक पहुँच गेलन आउ उ तीनो के पकड़ लेलन। एतना देरी में एतना हल्ला होलक कि वहाँ पर सैकड़न लोग पहुँच गेलन।

अब जेतना लोग ओतने तरह के बात। कोई कहइत हलऽ एकर समान छीन कऽ छोर दऽ। कोइ कहइत हलऽ कि एकरा थाना पहुंचा देबल चाहीं। अचानक भीड़ में से एक आदमी बोललक कि गोली चलैलक हे से इ पिटाइ के हकदार हे। बस हो गेल शुरू लपरइ थपरइ। भीड़ के, के रोकत आ के केकर सुनऽ हे। सबके सब मुक्का लात आउ ईंख के छरका से उ तीनो के पीटे लागल। उ तीनो के एतना पिटाइ लगल कि तीनो अचेत होकऽ जमीन पर गिर गेल। छिना झपटी में मोटरी फट गेलइ आउ सोना चाँदी के गहना आउ नोट सब छिरिया गेल हल। जेकरा जे हाथ लगल, ले ले के भागे लगलक। कय गो लोग जे उ सामान से हिस्सा चाहित हल आउ ओकरा कुछो न मिलल तऽ एगो आदमी साईकिल से थाना चल देलक। उ जगह से थाना पंद्रह किलोमीटर दूर हल आउ गांव जेवार में उ समय टेलीफ़ोन न हल से ओकरा थाना पहुंचे में देर लग गेलइ। तब तक इ समाचार दूर-दूर तक फ़ैल गेल हल आउ राजमार्ग पर काफी गाड़ी चलऽ हलक जेकरा से तमाशा देखे वाला लोग के बहुत भीड़ हो गेल हल। जे आदमी थाना गेल हल उ थाना में का बतयलक आउ दरोगा का सुनलक से तऽ पता न बाकि दरोगा समझलक की दंगा हो गेलक हे काहे की उ क्षेत्र में दु समुदाय के बस्ती हल आउ पिछलका परब में तनी हल्ला हो चुकल हल। अभियो तनी मानी तनाव बनले हल। दरोगा जी वायरलेस से जिला मुख्यालय में खबर कयलक आउ एक जीप पुलिस के साथे निकल पड़ल। तीन गो लाश के खबर मिलइते पुलिस महकमा में बात के बतंगड़ हो गेल आउ उ जगह पर पुलिस अधीक्षक, पुलिस उपाधीक्षक आउ अनुमंडलाधिकारी पूरे दल बल के साथ पहुँचलन। सब के सब अयलन बड़ी तइयारी के साथ बाकि इ सब में बहुत समय बीत चुकल हल। घटना के जगह पहुंचला पर उहाँ पर उपस्थित लोग से घटना के जानकारी लेबे के बाद पुलिस दल समझ न पावित हल कि एतना तइयारी में आना समझदारी हल की बुरबकई। पुलिस अधीक्षक के आदेश पर तीनो बेहोस आदमी के खेत से उठाकऽ सड़क किनारे लावल गेल हल। जाँच करे पर पता चललक की दूगो आदमी तऽ मर चुकल हल बाकि पैंट-शर्ट वाला युवक के साँस चलइत हल। अनुमंडलाधिकारी कहलन कि एगो आदमी जिन्दा हे एकरा जल्दी से अस्पताल पहुंचावे के उपाय करल जाय। इ सब सोच विचार करइते हलन कि पश्चिम दिशा

से दू जीप पर आदमी अयलक जेकरा में कयगो मेहरारुओ हल। उ सब तीनो के देखके पुलिस पदाधिकारी के बतयलक कि ओकर सब के घर वहाँ से पश्चिम तीस किलोमीटर के दूरी पर सड़क के किनारे है। ओकरा घर राते डकैती होलक हल। ढेर मानी गहना-जेवर आउ रुपैया ले लेलक आउ साथे साथ औरतियन के साथे मारपीट के साथे-साथ बदतमीजीयो कयलक हल। पहचाने के बाद बतयलक कि उ डकैती में उ तीनु भी हल आउ औरतियन के साथे गलत व्यव्हार करे वाला एहे पैंट-शर्ट वाला हलक। उ तीनो के मारल जाये से ओकरा सबके संतोष होलक हे। उ सब अपन बयान लिखावे ला आउ गवाही देवे ला तैयार हल।

पुलिस अधीक्षक पहचान खातिर पैंट वाला डकैतवा जेकर साँस चलित हल, के पाकिट सर्च करलन तऽ एगो प्रसिद्ध कॉलेज के पहचान पत्र मिलल। परिचय पत्र में नाम आउ पता पढ़के अधीक्षक दंग रह गेलन। उ एगो धनी गांव के बड़का जाती के लइका हल जे बी॰ ए॰ में पढ़ित हल। दरोगा सबसे पूछताछ आउ पंचनामा बनावे लगल हल कि का होलक हल आउ कैसे होलक।

पुलिस अधीक्षक बड़ी चिंता में हलन कि अभी तऽ इ डकैती के केस हे जेकरा पहचान आउ गवाह सब मिलइत हे बाकि यदि इ जिन्दा बच जायत तऽ जातीय दंगा होइए जायत। ओकरा अस्पताल पहुँचावे के नाम पर एगो जीप मंगावल गेल आउ पुलिस अधीक्षक सिपाही के इशारा से उ लइका के जीप में चढ़ावे के आदेश देलन। ओकरा उठा के दूगो सिपाही जीप में अइसन पटकलक कि ओकर गर्दन सीट से कस के टकरा गेल आउ ओकर प्राण निकल गेल। फेर नया पंचनामा बनावल गेल कि पुलिस के पहुंचे के पहिलही तीनो मर चुकल हल। फिर तीनो लाश के जीप पर लादकऽ पोस्टमार्टम खातिर भेज देवल गेल आउ सभे पुलिस पदाधिकारी गण वापस चल गेलन।

राजमार्ग पर घटल घटना हलक से जंगल के आग के निअर समाचार चारों तरफ दूर-दूर तक फैल गेलक हल। गांव में लगभग हरेक के सगा-सम्बन्धी खेम कुसल पूछे लागी आवे लगलन हल। उ दिन मलुआ आ खासकर उ लोग जे डकैती वाला सामान लेकऽ भागलन हल, लुकल रहलन।

साँझ होला पर मलुआ आउ बाकी सब अपन-अपन घर वापस आ गेलन। ओखनी के नज़र में मामला शांत हो गेलक। बाकि तनीके देरी बाद पुलिसो गांव में पहुँच गेलक। सबेरे थाना खबर पहुँचावे वाला आदमी के निशानदेही पर कय गो घर में पुलिस जबरदस्ती तलाशी लेलक आउ दू गो घर से लुटलका गहना बरामद हो गेल तऽ पुलिस मलुआ आउ दुनो जेकरा घर से गहना बरामद होल हल, के पकड़कऽ थाना ले गेल आउ हुआँ जाकऽ सबसे सघन पूछताछ करे लगल। तीनु आदमी से

पुलिस बाकी मारे वाला आउ गहना-पइसा ले भागे वाला के नाम पूछे लगलक। थाना में जाय पर मलुआ के पता चलल कि उ लइका जे मारल गेल हल, के घर वाला बहुत पैसा वाला हल आउ ओकर बेटा के मारे वाला के पकड़ के लाये खातिर बहुत पैसा देले हल।

दोसर तरफ गांव के मानिंद लोग क्षेत्र के विधायक के पास पहुँचलन पैरवी खतिर। चुनावो नजदीके आवे वाला हल से वोट के लालच से विधायक पुलिस अधीक्षक से सम्पर्क कैलन आउ पुलिस के द्वारा गांव के लइकन के छोड़ देवे ला कहलन त_s पुलिस अधीक्षक के खुदे थाना के पुलिसिया कारवाई पर अचरज होल। पुलिस अधीक्षक के कहला पर पुलिस मलुआ आ दुन्नो के छोड़ देलक। मलुआ गांव में आके लोगन से उ मारल गेल लइका के परिवार के विषय में बतयलक कि उ एगो धनी परिवार के हल तs गांव के लोग सोचे ला बाध्य हो गेलन कि एतना धनी संपन्न परिवार के लोग डकैती में कइसे जाहे। गांव के बूढ़ा मुखिया कहलथिन कि पहिले अंग्रेजबन के दलाल जमींदार सबके खून चुसित हलइ। सबसे छोटका किसान से मालगुजारी में जादे पैसा मांगs हल आउ जे मालगुजारी न दे पावित हल ओकर जमीन अपने नाम से नीलाम कर लइत हल आउ काफी सम्पति वाला बन जा हल बाकि इ घटना सुनकs तs लगइत हे कि उ सब ओहि काम अब दोसरा तरीका से करित हथ। साधारण किसान या व्यापारी के घरे डकैतिये कर ढेर मानी सम्पति जमा करे में लगल हथ।

अगिला दिन मलुआ दूगो मानिंद लोग के साथे धन्यवाद देवे विधायक के पास पहुँचल। विधायक जी बतयलन हल कि धन्यवाद के असली हकदार उ पुलिस अधीक्षक हथ। उ मौके पर तोहनी के आउ उ लइका के जात पता कर लेलन हल। उ लइकवा के ओइजे निपटवा देलन हल न तs यदि उ जी जतइ हल तब सब के पहचान कर लेत हल आउ ओकरा केस लड़े के अइसन औकात हल कि तू सब जिनगी भर केसे में परेशान आउ जेल में रहतs हल। पुलिस अधीक्षक के समझदारी आउ किरपा से तोहनी सब बच गेलs आउ साथे-साथ जातीय दंगा के शंका भी दूर हो गेल काहे कि अज्ञात के खिलाफ केस लिखवा कs मामला शांत करे के भरसक प्रयास कयलन हल बाकि तोहनी सबके लालच तोहनिये के ले डुबल आखिर में आउ उ लइका के घर वाला तोहनी के घर में पुलिस घुसवा के चोरी वाला गहना से पहचान कर लेलक हे। उ सब तोहनी पर केस करेला जोर देले हइ बाकि अधीक्षक साहेब अभी तक तैयार नs होलन हे। आगू चाहे जे होवे, तोहनी सब के कुछ दिन बचके रहे पड़तव।

धीरे-धीरे एक दोसरा के मुंह से कहानी फ़ैल गेल कि धोती वाला अदमी सच्चे में बड़का चोर हल आउ पैजामा कुरता वाला एगो बस के कंडक्टर हल। डकैतवन के गिरोह जीप से एगो संपन्न के घर पहुंचकऽ, डरा धमकाकऽ डकैती करलक। रुपया-पैसा के साथे गहना जेवरात तऽ लइये लेलक आउ बाद में औरतियन के साथे व्यभिचार करलक। एक जीप से कुछ डकैत पश्चिम चल गेल आउ उ तीनो एक जीप से पूरब दिशा में चललक। कुछ दूर गेला पर तीनो जीप से उतर गेल हल। पश्चिम से ओहि समय आवे वाला बस पकड़े ला। उ समय वही बस आवेला हल जेकर उ कंडक्टर हल। जीप के ड्राइवर जीप लेकऽ चल गेल बाकि बस आवे में देरी हो गेलइ। उ सब विचारलक हल कि एके जगह खड़ा रहे से अच्छा है कि सड़क पर आगे चलित रही आउ जहां पर बस मिल जाये वहीं पर चढ़ लेम। उ बड़का घर के लइका इ दुन्नो के संपर्क में कइसे आयल, से कहियो न पता चललक। हो सक है कि उ गैंग के वही गैंग लीडर रहलक होत। डकैती के घटना त सच्चे हलक बाकि उ घर के लोग गहना पैसा खोजे कहियो न अयलक। उ लइका के घर वाला केस में गांव के लोग के नाम देआबे के बहुत कोशिश करलक बाकि पिछड़ी जाति के विधायक आउ पुलिस अधीक्षक होबे न देलन। बाद में उड़इत खबर मिललक हल कि उ परिवार वाला लोग मलुआ आउ ओकर साथी के भी मरवावे के योजना बनैलक हल।

मलुआ एतना तऽ समझिये गेल हल कि उ जहिया धरा जाइत, उ ओकर आखिरी दिन होवत। डकैत लइकवा के घर वाला लोग पुलिस के काम जान चुकल हल बाकि ओकर कौनो बस न चलल। डकैतवन के मारे वाला तऽ कई लोग हलन बाकि नाम मलुए के उजागर भेल। ओकर नाम के उजागर करे में धनिया के नाम आयल हल जेकरा से दुनो में हमेशा लड़इये बनल रह गेल।

मलुआ उ दिन के बाद कहियो खुलेयाम नज़र न आयल बाकि चर्चा बनल रहल कै दिन तक। एक दिन कोई बोललक कि राते घर आयल हल आउ सबसे मिल के चल गेल। कभी कोई कहे कि ओकरा काशी में देखली हल तऽ कुछ दिन बाद कोई कहे कि उ हरिद्वार में हल। बहुत दिन के बाद हल्ला होल कि मलुआ पकड़ा गेल हल आउ मराइयो गेल। मलुआ के कहीं कोई पता न मिलइत हल से गांव लोग सच मान लेलन आउ बदला लेबे ला गांव के कुछ नौजवान एगो गुट बनयलक। जब इ बात विधायक जी कई पास पहुँचल तऽ इ नया जातीय झगड़ा रोके के उदेश्य से उ चउक के नाम शहीद मलुआ चउक रख देलन। दस बारह बरिस के बाद इ मामला एकदमे शांत हो गेलक तऽ मलुआ छठ परब के दिन घर अयलक। ओकर बाद उ शहीद मलुआ चउक अब खाली मलुआ चउक बनल है।

8

प्रभाव नाम के

अइसे तऽ आदमी के जन्मजात गुण होवऽ हे कि ओकर अपन कउनो अवगुण देखाई न पड़ऽ हे। कुछ बुद्धिमान लोग होवऽ हथ जे सब काम सोच समझ के करऽ हथ जेकरा से उनकर फायदा जरूर होवे बाकि उ काम से दोसरा के नुकसान न होवे चाहे उ काम से दोसरा के फायदा होबे इया न। कुछ महान लोग होवऽ हथ जे ओइसन काम करे चाहऽ हथ जेकरा में अपना साथे-साथे दोसरो सब के फायदा होवे। यदि उनकर कउनो काम से दोसरा लोग के नुकसान होवे लगे तऽ उ कउनो बहाना खोजे के कोशिश करऽ हथ इया उनकर काम के परिणाम के ठीकरा दोसरा के सिर फोड़े चाहऽ हथ।

आज के समय में लोग के आउ खासकऽ नेता लोग के अइसने प्रवृति हो गेलक हे। आज के जबाबदेह नेता लोग जे विधायक, सांसद, मंत्री इया कउनो राजनीतिक दल के प्रवक्ता, के एगो सामान्य चलन हो गेलक हे कि वर्तमान समय में उनका कउनो जनहित के काम करेला न होबऽ हे तऽ देश के बदहाली के जबाबदेह पुराना नेता लोग के बना दे हथ। का जानी काहे नेता लोग के गाड़ी आगे बढ़े के बजाय पीछे माहे चल पड़ल हे। अगर पुराना समय में जबाबदेह लोग से कउनो गलतियो हो गेल होत तऽ उहो अपने देश के वासी हलन जे देश सेवा में जुटल हलन आउ कुछ सोचिये समझिये के निर्णय लेलन होत। आज सामने कउनो समस्या हे तऽ ओकरा आज निपटावे के कोशिश करल जाये चाहीं बजाय कि इ हिसाब जोड़ल जाये कि ई समस्या कहाँ से शुरू होलक हल आउ तत्कालीन इस्थिति में इ समस्या के समाधान काहे न करल गेल। आज अगर समस्या के पूर्ण समाधान मिल जाय तब कहल जा सकऽ हे कि पहिले समस्या के सुलझावे के प्रयास न करल गेल हल। ओकरा से पहिले तऽ पूर्व में कउनो काम के गलती कहनाइये गलत हे। तब के समय

में का परिस्थिति हल आउ समय के का मांग हल, एकर आधा अधूरा जानकारी से अंदाजा लगा लेना मूर्खता हे। हो सकs हे कि जे मुद्दा हल ओकर समाधान के लेल कोई अइसनो निर्णय लेवे के मजबूरी रहल होत जेकरा से देश के तत्कालीन लाभ बाकि भविष्य में नुकसान देह बन गेल होत, जेकर आज कउनो जानकारी न हे।

तइयो आदमी के पूरा अधिकार हे अपन राय रखे के काहे कि उ आजाद हथन इ ला, बाकि गंदा भाषा इया असंसदीय शब्द के प्रयोग इया गाली देना एकदमे गलत हे। इ कहनाई कि अमुक आदमी प्रधानमंत्री बनतन हल तs देश अच्छा इस्थिति में रहतक हल। इ बात सच्चो हो सकित हल इया गलती बाकि तत्कालीन प्रधानमंत्री के वर्तमान दुर्दशा के लेल दोषी मान लेवल उचित न हे। हमरा सक्रिय राजनीति से तनिको जुड़ाव न हे, इ लेल राजनीतिक व्यक्ति के उपहास पर ध्यान न देहि बाकि महात्मा गाँधी जी ला उपचारित भाषा के प्रयोग बहुत तकलीफ देवs हे। जे महात्मा के १९०५ में पूरा विश्व एगो शांति दूत मान लेलक हल। जे महात्मा दखिन अफ्रीका के आंदोलन से तबही पूरे दुनिया के बतैलन हल कि केतनो बड़ा समस्या के समाधान शांति के साथ बातचीत के माध्यम से समझौता करके करल जा सकs हे। उनका पर आज तोहमत लगावल जाहे कि एक समुदाय विशेष के पक्ष ले हलन। अइसन लोग इ न देखs हथन कि उनकर हर बात के एके उद्देश्य रहs हल कि सब कोई मिलके शांति से रहs। शांति मानवता के लेल वरदान हे। उनकर नाम तs शांति के परतीक हे। उनकर नाम के महत्व आउ विशेषता से संबंधित एगो घटना के चर्चा करल चाहित ही।

उत्तर बिहार के पूर्वी भाग से पटना आवे के सबसे प्रमुख रास्ता हे राष्ट्रीय उच्चपथ २८। उत्तर के पूरबी भाग से पटना आवे के राह में राष्ट्रीय उच्चपथ २८ पर एगो छोटहन बाकि घनी जनसंख्या वाला शहर आवs हे ताजपुर जहां से मुजफ्फरपुर आउ पटना के सड़क बंट जाहे। शहर से घुसे से पहिले स्वागत द्वार निअर हे गाँधी चउक। हुएँ से उ शहर के अंदर मुख्य बाजार में जाये के रास्ता हे। उ चउक से तनिक पहिलहीं बाँया तरफ में इस्थित हे हुनमान जी के भव्य मंदिर आउ दाहिना तरफ कुछ दुरी पर जमुआरी नदी के किनारे इस्थित हे एगो विशेष पहचान रखे वाला मजार। इहे दुनो के बीच के जगह कहावs हे गाँधी चउक। इ जगह के गाँधी चउक नाम पड़ला के भी मजेदार घटना हे।

एक समय हुआँ पर कोई मंदिर न हल आउ सामान्य लोग मजारो के उपस्थिति इया नाम न जानs हल। राष्ट्रीय उच्चपथ पर एक छोटा बाजार होवल करs हल ताजपुर इया कहल जाय तs ताजपुर बाजार के दक्षिण में बनावल गेल हल NH २८। धीरे-धीरे बाजार के विकास होवित गेल। बाहरी व्यापारी आउ उद्योगपति

आवे लगलन आउ कोल्ड स्टोरेज, सिनेमा हॉल, प्लास्टिक के जूता चप्पल के कारखाना आदि खोलल गेल। बाजार के बगल में उत्तर तरफ एगो कॉलेज हल जे सरकारी हो गेल। इ प्रकार से बाजार एगो शहर में बदल गेल। दुकानो के संख्या भी पहिले के तुलना में चार गुणा बढ़ गेल। अब इ बाजार नₛ बाकि एगो बड़ा शहर हो गेल।

अचानक से NH २८ के उ जगह पर एगो समुदाय के द्वारा राते-रात एगो बोर्ड खड़ा कर देवल गेल ओहि मजार से संबंधित नाम से चउक। अगिला रात उ बोर्ड गायब कर देवल गेल आउ सड़क के दोसर तरफ दूसर समुदाय से संबंधित नाम के बोर्ड लगा देवल गेल। अगिला कुछ दिन में एक समुदाय के लोग के द्वारा ईंटा, सीमेंट से मजार के बड़ा रूप देवल गेल आउ मजार के कलात्मक ढंग से सजावल गेल कि पता न चले कि मजार हाल में बनावल गेल है आउ सड़क के एक तरफ जादे दोकान के बोर्ड पर वही मजार के नाम के चउक के नाम लिख देवल गेल। फेर तₛ उ समुदाय के लोग निश्चिंत हो गेलन कि चउक के नाम उनके मन के मुताबिक होइए जाइत।

एक दिन भोरे चार बजे ढोलक, झाल के आवाज के साथ रामधुन संकीर्तन के आवाज अचानक से गूंजे लगल। लाउडस्पीकर के भोंपू चारो दिशा में लगावल हल कि आवाज चारो दिशा में दूर-दूर तक गुंजित हल। आवाज सुनकₛ अगल बगल के दुकानदार आउ मोहल्ला के लोग के नींद खुल गेल। कुछ लोग के लागल कि कउनो बड़का आदमी के शव यात्रा ट्रक आ बस से जाइत होत आ चउक पर कउनो कारण से रुक गेल होत आ ओकरे भजन होवित होत बाकि रामधुन के आवाज एके जगह जे राष्ट्रीय उच्च पथ २८ पर चउक के आस पास हो सकₛ हल से देर तक आवित रहल तₛ आसपास के लोग देखेला हुएँ पहुंच गेलन। हिन्दू समुदाय के लोग रामधुनि के आवाज वाला जगह पर तₛ दोसर समुदाय के सड़क के पार से देखित हलन। सबलोग के अचरज होवित हल कि कल शाम तक रामधुनी संकीर्तन यज्ञ के कहीं कोई चर्चा न हल तₛ एकाएक भोरे रामधुन के आवाज कइसे सुनाई पड़ित हे। जब लोग नजदीक जाकₛ देखलन कि चउक के पूरब सड़क के दखिन एगो यज्ञ मंडप हे जेकरा भीतर आसन पर बजरंग बली हनुमान जी विराजित हलन। यज्ञ मंडप चार-पांच साल पुराना लगित हल जबकि कल शाम तक हुआँ कुछो न हल। केवल खाली जगह हल सड़क के हाता में। बगल में हवन मंडप हल जे एकदम ताजा यानी कलहे के बनावल गेल होत, स्थापित हल। भजन मंडली हनुमान जी के परिक्रमा करित रामधुन गावित हलन। हवन मंडप में एगो ब्राह्मण आउ एगो यजमान बइठल हवन करित हलन। ओकर पीछे दुगो टेंट लगल हल। एगो टेंट

में यज्ञ के व्यवस्थापक लोग बइठल हलन जेकरा में कुछ लोग परसादी बनावित हलन। दोसरा टेंट में एगो दोसर कीर्तन मंडली अभ्यास करित हलन। इ सब कुछ राते-रात करल गेल हल ओहू आधा रात के बाद जब लगभग सभे लोग सूत जा हथ। अगल बगल के दुकानदारो में ओही जागित हलन जे व्यवस्था से जुड़ल हलन बाकी बगल के दुकानदारो के भी कुछो मालूम न हल। यज्ञ देखे वाला श्रद्धालु लोग यज्ञ के आयोजन से तs खुश हलन बाकि अचरज इ बात के हल कि आधा रात के बाद आउ सबेरे चार बजे के पहिले एतना बड़ा आयोजन कइसे करल गेल जेकर भनक आस पड़ोस के लोग के भी न लगल जबतक कि रामधुन के आवाज गूंजे न लगल हल।

सच्चाई एहे हल कि उ जगह से पांच-छह किलोमीटर दूर एगो गांव में चार साल पहिले एगो यज्ञ होलक हल, ओकरे मंडप, खम्भा छप्पर सहित उठाके लावल गेल हल आउ सफाई से इ जगह ओहे मंडप के स्थापित कर देबल गेल। खम्भा आउ छप्पर तs पुराना हइये हल बाकि ओकरा बांधे में ओही पुरनका रस्सी आउ तार के प्रयोग कइल गेल हल। सब सामान ट्रक से लावल गेल हल। चूँकि सड़क पर रातो भर ट्रक चलते रहs हे से ट्रक के आवे जाय के आवाज पर केकरो ध्यान न गेल हल बाकि मंडप बनावे आउ सजावे में सैकड़ो आदमी लगल हल बाकि केकरो मुंह से एको शब्द नs निकलित हल। सब काम इशारे से होवित हल। पूजा के सामग्री आउ परसादी के सामान भी ताजपुर के बाजार से लेवल न गेल हल कि कउनो दुकानदारो के पहिले से पता रहित हलक। हनुमान जी के मूर्ति भी ओही यज्ञस्थल से चबूतरा सहित उखारकs लावल गेल हल आउ यज्ञमंडप के बीच स्थापित कर देबल गेल हल। मंडप के निर्माण आउ चबूतरा सहित हनुमान जी के मूर्ति अइसन सफाई से करल गेल कि कोई देखकs कहिये न सकs हल कि उ मंडप आउ मूर्ति स्थापित अभिये के हे। एक नजर में देखे से साफ़ लगित हल कि मंडप आउ हनुमान जी के मूर्ति चार-पांच साल पहिले से स्थापित हे, जबकि हवन मंडप कलहे बनावल गेल हल।

दिन चढ़ते यज्ञ में श्रद्धालु के भीड़ जुटे लगल। तनिये दूरी पर दोसर समुदाय के लोग भी जुटल हलन। कउनो आदमी ताजपुर थाना के सूचित कर देलक कि इ चउक पर दुनो समुदाय के लोग के जुटानी हो रहल हल। थाना प्रभारी दल बल के साथ हुआँ पहुँचलन आउ इस्थिति के मुआयना करे के बाद इस्थिति के भयावहता के सूचना डी० एस० पी० आउ एस० पी० साहेब के कर देलन। ओहो सब पूरे बल के साथ हुआँ पहुंच गेल। संयोगवश डी० एस० पी० हिन्दू आउ एस० पी० साहेब मुसलमान हलन, इ लेल तत्कालीन कोई फैसला ले न पइलक परसासन।

तब तक दुपहर हो गेलक हल। एही बीच गुप्तचर विभाग के सूचना डी॰ एम॰ साहेब के पहुँचल। जेकर अनुसार उ जगह पर एगो पुराना यज्ञ मंडप में हनुमान जी के मूर्ति हे आउ रामधुनी अष्टजाम संकीर्तन महायज्ञ चल रहल है। सच्चाई एही है कि हुआँ पर कल तक कउनो यज्ञमंडप इया मूर्ति न हल। दुनो समुदाय के तरफ से आदमी के जुटानी हो रहल है। दुनो समुदाय के तरफ से बाहरी लड़ाकू पहलवान के बोलावल गेल है जेकरा में कुछ पहुंच चुकलन है। हिन्दू लड़ाका यज्ञस्थल पर श्रद्धालु के रूप में बइठल हथ जबकि दोसर समुदाय के लोग घात लगैले छिपल हथ। दुनो समुदाय के तरफ से हथियार जुटावल गेल है जे अभी कउनो कमरा में छिपावल गेल हे। कउनो समय दंगा भड़क सकs है। यदि दंगा हो गेल तs भारी संख्या में नरसंहार हो सकs है। सूचना मिलते डी॰ एम॰ साहेब आस पास के सभे थाना के पुलिस के साथ हुआँ पहुंच गेलन। तब तक श्रद्धालु के भारी भीड़ जमा हो गेलक हल।

यज्ञ के आयोजक मंडल यज्ञ के देखरेख में व्यस्त हलन। लगित हल हुनका सबके पुलिस जुटानी से कुछो लेना देना न हल। यज्ञ से लौटे वाला श्रद्धालु के परसादी देवल जाइत हल। सड़क पर हुआँ से गुजरे वाला सभे ट्रक, बस के रोककs परसादी बाँटल जा रहल हल। केकरो से चंदा मांगल न जा हल, यदि कोई यात्री इया डरेबर चंदा देवल चाहित हल तs ओकरा सधन्यवाद स्वीकार कर लेबल जा हल। कार इया मोटर साईकिल से गुजरे वाला लोग अपनहीं रुक के मंडप के नजदीक जा हलन आउ हनुमान जी के प्रणाम करे के बाद परसादी ग्रहण करs हलन। इ सब देखे के बाद डी॰ एम॰ साहेब चारो तरफ नजर घुमयलन तs देखलन कि सड़क के एक तरफ श्रद्धालु के भीड़ है तs दूसर तरफ के तरफ लोग कुछ दूरी पर खड़ा हलन। सबके चेहरा पर बढ़ित गुस्सा आउ असंतोष भी आसानी से पढ़ा जाइत हल। फेर डी॰ एम॰ साहेब आउ एस॰ पी॰ साहेब मंडप के चारो तरफ घुमकs सरसरी निगाह से मूर्ति आउ मंडप के बनावट पर गौर कइलन बाकि अइसन कउनो सुराग न मिलल जेकरा से साबित होवे कि मंडप रातो रात बनावल गेल हल। हाँ जमीन नम हल जेकरा गोबर से लीपल गेल हल आउ मंडप के भीतर आउ चारो तरफ दरी बिछावल गेल हल जेकरा पर कीर्तन-मंडली आउ श्रद्धालु लोग परिक्रमा करित हलन।

ओकर बाद डी॰ एम॰ साहेब आउ एस॰ पी॰ साहेब आपस में बातचीत करलन जेकरा में एस॰ पी॰ जोर देलन कि हियाँ कुछो न हल तs डी॰ एम॰ कहलन कि बजरंगबली के लेल सब कुछ सम्भव है, फेर दुनो साहेब आपसी विचार से दुनो समुदाय के लोग के एक साथ बइठे ला बोलयलन। कुछ देर में बैठक शुरू होल, बीच

में अधिकारी गण आउ उनका दूनो तरफ दूनो समुदाय के लोग जुटलन। पुछला पर एगो मुस्लिम नेता बोलल कि हियाँ हमनी सबके बस्ती हे। हियाँ कल तक कउनो मूर्ति न हल। अचानक रात में मूर्ति बइठा के आउ गीत गा-गाके इ लोग हमनी के चिढ़ावित आ उकसावित हथन। इनकर सबके मंसा दंगा फैलाबे के हे। जबाब में एगो हिन्दू नेता बोललन कि इ मंडप आउ हनुमान जी के मूर्ति पुराना है। लगभग चार साल पहिले हनुमान जी के मूर्ति के प्राण प्रतिष्ठा आउ यज्ञ होलक हल।

डी॰ एम॰ साहेब के अनुमान लग गेल कि मामला हनुमान जी मंदिर इया यज्ञ न हे से उ पुछलन कि इ मनमुटाव के असली कारण का हे काहे कि इ रामधुनी कीर्तन इ झगड़ा के कारण होइए न सकs हे। एकरा पहिले पुलिस अधीक्षक आउ पुलिस उपाधीक्षक में कुछ बहस हो गेल हल।

डी॰ एम॰ के पूछला पर एगो दाढ़ी वाला बुजुर्ग कहे लगल, "इ हमनी के बस्ती हे। सड़क के बगल में बाबा मलंग शाह के प्रसिद्ध मजार हे से हमनी सबके सर्वसम्पति से निर्णय होल हल कि इ चउक के नाम ओही बाबा के नाम पर रखल जाये। अइसन निर्णय दू महीना पहिले होल हल आउ सड़क के किनारे ओही नाम के बोर्ड लगावल गेल हल आउ दोकान सबके बोर्ड पर ओही नाम लिखावल गेल हल। दोकान सबके बोर्ड पर नाम तs लिखल हइये हल बाकि सड़क किनारे वाला बोर्ड हटा देवल गेल हे। एकर जबाब में व्यवस्थापक कुछ बोलतन हल, ओकर पहिले एगो श्रद्धालु बोले लगलक, "जब चार-पांच साल पहिले हियाँ हनुमान जी के मूर्ति के प्राण प्रतिष्ठा आउ यज्ञ होलक हल तs ओही समय में जगह के नाम महावीर चउक रखल गेल होत काहे कि हनुमान जी के दोसर नाम महावीर जी हे। बोर्ड सब पर लिखल महावीर चउक तs वर्षों पुराना लगित है।

अब सब अधिकारी के समझ आ चुकल हल कि तनाव के कारण चउक के नामकरण है जे भयंकर रूप ले सकs है। सब अधिकारी आपस में मंत्रणा करलन आउ एस॰ पी॰ साहेब कुछ घोषणा करेला खड़ा होलन। रामधुनी कीर्तन के अलावा चारो तरफ एकदम शांति हल। अचानक एस॰ पी॰ साहेब घोषणा करलन, "इ जगह आ चउक के नाम महात्मा गाँधी चउक रखल जायत।" इ सुनते चारों तरफ ताली बजे लगल आउ तीन चार मिनट तक बजते रहल। फेर सब लोग शांति पूर्वक अपना-अपना काम पर चल पड़लन। इ हे महात्मा गाँधी के नाम के प्रभाव, शांति के परतीक के रूप में।

आज हुआँ महावीर जी के भव्य मंदिर बनल है। चउक के आसपास दुकानों के संख्या पांच गुना बढ़ गेल जे मुख्य बाजार से मिल गेल है। हुआँ हर जाति समुदाय के लोग के दोकान है बाकि सब शांति पूर्वक आपस में मिल-जुल कs अपन काम में

व्यस्त हथन आउ तरक्की के राह पर आगू बढ़ रहलन हे। अभियो कय गो दोकान पर मलंग चउक आउ कुछ दोकान के बोर्ड पर महावीर चउक लिखल हे बाकि चउक के सर्वमान्य नाम हे गाँधी चउक।

जिनकर नाम पर शांति स्थापित हो सकs हे उनकर व्यक्तित्व सचमुच महान हे।

9

असर भलमनसाहत के

आज फिर से रात के हो हल्ला से चंदन के नींद खुल गेल आउ फिर दोबारा न अयलक। उ जोर सोर से लगल हल बी० ए० परीक्षा के तइयारी में आउ सुबहे उठ के पढ़े के उम्मीद से जल्दिये सूत जा हल। ओकर घर के ठीक बगल के घर में रोज रात आपसे में लड़ाई-झगड़ा शुरू हो जाय। उ लड़ाई में कहियो मारपीट नs होल हल। खाली गाली गलौज आ हल्ला हंगामा हो हल जेकरा से सभे पड़ोसी के साथे-साथे चन्दनो परेशान रहs हल। न त चंदन रात में पढ़ पावित हल आउ देर से सूते के कारण न सुबहे जग पावित हल। धीरे-धीरे चंदन चिरचिरा हो गेल हल उ सबसे। एक दिन चंदन के पापा कहे गेलन उ घर में कि अइसे हल्ला गुल्ला न करल करs काहे कि उ हल्ला के कारण लइकन सब पढ़ न पावs हे। उल्टे उ परिवार वाला उनके गरिया देलक आउ कहलक कि अपना घर में कुछो करित ही ओकरा से तोरा का जाइत हउ।

चंदन के इ बात से कस के खीस बरल बाकि ओकर पापा समझैलन कि अप्पन धेयान न भटकावs। इ सब गारी गरपारा करे ओलन के मुंह न लगे चाहीं। एकरा से अप्पन लक्ष्य से ध्यान भटक जा है आउ स्वास्थ्यो पर असर पड़s है। झगड़ा बढ़े पर तs केस-कास हो जाहे आउ जिनगी चौपट हो जाहे। अगिला दिन चंदन के पापा कहलन कि उ एक-दू दिन में चंदन के रहे के इंतजाम कउनो होस्टल में कर देतन। चंदन घर के माली हालत से अनजान न हल। ओकर पापा कउनो सरकारी कार्यालय में किरानी हलन। उनकर दरमाहा के आधा पइसा, चंदन के लगातार बीमार रहे ओली मम्मी के इलाज पर आउ बाकि घर के खरचा आउ चंदन के फीस वगैरह पर खरच हो जा हल। तनी-मानी कर्ज़ा हल बाकि उ सब घर परिवार से लेवल हल जेकरा से बहुत चिंता के विषय न हल। चंदन के एगो बड़ बहिन हल

जेकर विवाह हो चुकल हल। चंदनमा घर के छोटका बउआ, सबके दुलरुआ हल। जादे दुलार के चलते बचपन में जेतने शैतान हल, उ बड़ा होवे पर ओतने जिम्मेदार बनल जाइत हल आउ इंटर पास करे के बाद बी० ए० में नाम लिखैले हल आउ साथे-साथे कउनो बढ़िया नौकरी पावे खातिर कम्पटीसन के तैयारी में लगल हल।

चंदन के पढ़ाई लेके ओकर मम्मी पापा के बड़ा अरमान हल कि एक दिन उ बड़ा आदमी बने आउ ओकर पापा के पूरा भरोसा हल कि इ लइका कुछो न कुछो बड़ा पद लइये लेत आउ तब परिवार के माली हालत सुधर जायत। एही विस्वास से चंदन के पापा हर कोशिश में लगल हलन। होस्टल में रहे जाय पर नया उत्पन्न होय वाला समस्या के समाधान तऽ होइये जाइत बाकि खर्चा बढ़े पर आमदनी के साधन न हल आउ साथे-साथ उ अपन मम्मी के अकेला छोड़ल न चाहित हल उनकर बीमार रहे के कारण।

एक दिन चंदन अपन कॉलेज के हाता में एगो पेड़ के नीचे अकेले बैठ के अपन समस्या के निदान सोचे में मगन हल। अचानक ओकर ध्यान टूटल हल जब एगो दाढ़ी चंदन वाला बाबाजी भीख मांगलक। चंदन अनसा के दोसर तरफ घूम गेल आउ कहलक तोरा सब के कउनो कामधाम न हवऽ आउ भर लीलार चंदन लेप के चल देहऽ भीख मांगे आउ तोहरा सबके गरडवा घुसे कइसे देहे कॉलेज परिसर में। हमनी के तऽ बड़ी धेयान से परिचय पत्र जाँचित रहऽ हे। कुछ समय बितला पर ओकरा लगल कि उ जादे खिसिया गेल बिना मतलब के। कहीं के गुस्सा कहीं निकाल देल। उ घूम कऽ देखलक तऽ न हल बाकि ओकरा पता हल कि बाबाजी अभियो ओकरा पीछे खड़ा हल। उ अपन धोकड़ी से एगो सिक्का निकाल के पीछे मुरल।

बाबाजी मुस्कुराइत हलन। बाबाजी एकदम नौजवान बुझैलन। मुश्किल से एक-दू साल के बड़ा रहलन होयत चंदन से। बड़ी असमंजस में हलक चंदन बाबाजी के रूप रंग से।

बाबाजी कहलन, "जब भिक्षा निकाल लइये लेलऽ हे तऽ देइये दऽ। हमरो गरडवा पहचान पत्र देखिये के आवे देलक हे। हमहू विद्यार्थिये ही कॉलेज के, कम से कम आज भर जब तक आखिरी बेर बाहर निकल न जायम।"

चंदनवा बस एके शब्द बोललक, "माने ?"

"माने कि हमहुँ कॉलेजे के छात्र रहली हे। हमर बी० ए० पूरा हो गेल हे आउ आज सर्टिफिकेट लेवेला अइली हे। साधु बनल नाटक करित अइली हे कि सर्टिफिकेट आसानी से मिल जायत न तऽ सब किरानी महीनो दउरावित रहऽ हथिन। सबके कहानी सुना देली कि दुनियादारी से मन उचट गेल हे, से सन्यास लेबे जाइत ही।

इ सर्टिफिकेट आखिरी चीज हे जे हमरा जोरीत हे दुनियादारी से। एही से इ अंतिम सर्टिफिकेट के जल्दी से दे दs। आउ देख नs केतना काम कैलक हे इ नाटक। हम कॉलेज के इतिहास में पहिला विद्यार्थी ही एके दिन में सर्टिफिकेट पाबे ओला। कौनो आदमी एगो बाबाजी के सराप लेबल न चाहs हे।" उ बाबाजी कहलन।

चंदन के हंसी आ गेल आउ बोललक कि एगो कागज़ पावे लागी एतना स्वांग। कई महीना तs केश-दाढ़ी बढ़ावे में लग गेलवो होबे। एकरा से बढ़िया तs एक महीना दौड़िये लेतs हल। बाबा बनल आदमी कहलक कि दढ़िया तs शौक से बढ़ैली हल, खाली धोती आउ लंगोटा में खर्चा हो गेल जेकर चिंता न हे काहे कि सर्टिफिकेट लागी घुस न देवे पड़ल हल। चंदन पुछलक कि तs भीख के नाम से हमरा से पइसा काहे लेलs बाबा।

"उ तs हमर नाटक के इनाम हल। वापिस चाहीं तs बिहान दे देम जब बाबाजी न रहम।" बाबाजी कहलक।

चंदन के उ आदमी मजेदार लगलक। बातचीत के बाद दुन्नो दोस्त बन गेलन आउ एक दूसरा के सम्पर्क नंबर ले लेलन।

बबलू जे बाबाजी के रूप धइले हलक, जब चंदन के समस्या जानलक तs उ पइसा से चंदन के मदद करल चाहलक बाकि चंदन न तs एहसान लेवल चाहित हल आउ न कर्ज़ा लेवेला तैयार हल।

चंदन के पापा हॉस्टल तs कयगो देखलन। जे पसंद आबे उहां पइसा के जादे मांग होबे आउ जहाँ सस्ता मिले उ जगहे नs पसंद आवे। चंदन अब इ समस्या के अपना हिसाब से सोझरावे ला कमर कस लेलक।

जिम्मेदार बच्चा के अंदर दब चुकल शैतान, बबलू के तमाशा देखके फिर से जाग गेल। उ पहली बार बगल वाला घर में सुने के कोशिश करलक कि आखिर लड़ाई होबs काहे हे। देर तक सुनला के बाद चंदन के समझ में अयलक कि उ घर में लड़ाई के कारण एकदमे अजीब हल इया सच कहीं तs लड़ाई के कोई कारणे न हल। उ पूरा परिवार लिट्टी चोखा के ठेला लगाबs हल चंदन के कॉलेज के गेट के बाहर। अगर कोई दिन लिट्टी न बिकs हल तब लड़ाई होबे कि काहे न बिकल। कउनो दिन सब लिट्टी जल्दी बिक जाय तब लड़ाई होवs हल कि कम काहे बनैले हल। सब एक दोसरा पर दोषारोपण करतन आउ सब ढकरतन एक दूसरा पर। उ लड़ाई तs जइसे दिनचर्या हल हरेक रात के सूते के पहिले पाचक इया टॉनिक जइसन।

चंदन एगो खुराफाती दिमाग लगैलक। योजना के मुताबिक अगिला दिन बबलू सूट-बूट लगा के लिट्टी दोकान पर पहुँचल आउ एके बेर चार गो लिट्टी मांगलक जखनी दोकान में सबसे जादे बिक्री के समय हल। चार गो लिट्टी वाला प्लेट लेके

बबलू सभे ग्राहक के बिच पहुँचल आउ एगो लिट्टी हाथ में लेके जोर से कट्टा मारलक। पर इ का? अगिला सेकंड लिट्टी उगलइत चिललैलक कि नाली के पानी में बनइले हे का रे? साफ-साफ नाली के गंध आबित हउ लिट्टी चोखा से। इ खाये से पीलिया होना तय हे। उ प्लेट फेंक देलक आउ उल्टी करे के नाटक करे लगल। बगैर सोचले बाकि सब गहकी प्लेट फेंक के जे से बकित चल देलन। लिट्टी चोखा नाली के पानी में ts न बाकि कउनो अच्छा पानियो में न बनल हल। ठेला वाला पहिले सूंघे लगल चोखवा के कि कहीं बसियायल त न महकित हे। तबे तक सभी गहकी चल चुकलन हल। फेर ठेला वाला पइसा-पइसा चिल्लाये लगल बाकि सबके सब उलटे मारे पीटे के बात बोलित चल गेलन। बबलूओ खिसक गेल इहे सब के बीच। उ दिन बहुत देर तक कुछो न बिकल। साँझ होला पर तनी-मानी बिकल बाकि आज के बिक्री आउर दिन से कम होलक आउ ढेर मानी लिट्टी चोखा बचले रह गेल।

ठेला वाला लोग कुछो न समझ पैलन कि का हो गेल आज। रात में लड़ाइयों इतिहास के सबसे बड़ा होल। इ रात के लड़ाई में जादे घर के लोग ओकर घर पहुँचलन आउ सब डाँटलन कि का नौटंकी में लगल हे रात में। पूरे मोहल्ला के नींद हराम कैले हे, ठेला वाला फिर लड़े लगल कि अप्पन घर में लड़ित ही इया कुछो करित ही। चंदन के पापा ओकर कमरा में आके कहलन कि अब जे भाव में मिले, हॉस्टल लेना जरूरी हो गेल। बिहाने जाके इंतजाम कर देबूऽs। चंदन उनका बतैलक कि इ सब ओकरे खुराफात हलक आउ अपने बाहरे जाईं आउ सबके बताईं कि केतना त्रस्त ही हमनी सब इ लोग के रोज रोज के नाटक से। चंदन के बाबूजी समय के साथ बूढ़ा हो चुकलन हल बाकि कहल जाहे कि अंदर के बच्चा जिन्दे रहऽs हे। इ खेल में उनको मजा अयलक। इ सांचो में उहे काम करलन जइसन चंदनमा बतैलक।

अगिला दिन चंदन बिना टिफिन लेले कॉलेज गेल। ठेला वाला ओकर पड़ोसी हलन। चंदन ठेला वाला के नजदीक जाके कहलक कि आज घर से टिफिन न ला पैली हे, चचा तुहीं खायला द कुछो। राते चंदन के पापा के साथ ठेला वाला के बकझक होल हल आउ आज चंदन से चाचा सुनके बड़ी अचरज अनुभव करलक। उ बड़ी प्यार से साफ प्लेट के आउ अच्छा से साफ करलक आउ बड़ा प्रेम से चंदन के लिट्टी चोखा परोसलक। चंदन मजा से खाये के शुरू कर देलक। इ देखकऽs ठेला मालिक के अच्छा महसूस होइत हल। पहिले के योजना के अनुसार ओही समय आ टपकल बबलू आउ अनजान आदमी के तरह कहे लगल कि ए भाई जी, इ केकरा हियाँ खाइत हऽs, गन्दा पानी आउ बेकार समान से लिट्टी चोखा बनावऽs हे।

ठेला मालिक के गुस्सा आ गेलक। उ बबलू के भगावे खातिर खूब ढकरे लगलक आउ कहलक कि काहे हम्मर धंधा के मारित है। हम का बिगाड़लिअउ है तोरा जे आज फिर से काल बन के आ गेले है। बबलू बोललक कि तोरा से के बतियायत हउ, इ हमनी के आपस के बात हे। हम दुन्नो एके कॉलेज में पढ़s ही। तू कउन होबs हे बीच में बोले वाला।

ठेला वाला पढ़े वाला लइकन से भिरला न चाहित हल से धीरे से बोललक कि तू दुन्नो के बीच के बात त हमरे लेके है आउ नोकसानो हमरे होवs है। बबलू जोर से बोललक कि उ से हमरा का आउ फिर चल गेल वहां से।

चंदन तमाशा देखित हल। ठेला वाला बोलल कि तू खा बउआ अच्छा से। इ सब खराब समान इया गन्दा पानी के न है। पता न कहाँ कहाँ से एकाध गो अइसन आदमी आ जाहे जे अप्पन जिनगी तs बरबाद कर लेबs है, दुसरो के चैन से जिए न देत।

"एकदम सच्चे कहली चाचा।" चंदन बोल के हाथ धोये लागल आउ फिर पइसा ला पुछलक। ठेला वाला अपन भाई आउ लइकन के मुंह देखित हल। चंदन फिर से पइसा ला पुछलक।

ठेला वाला के धेयान वापिस अयलक तs बड़ी प्यार से बोललक, "का बात कहित हs बउआ। तू तs घर के लइका हs। तोरा खियावे के पइसा लेम। मम्मी बीमार रहs हथुन। उनका जादे परेशान नs करिहs। अगिलो दिन हमरे भिजुन खा लिहs। चंदन के अइसन जबाब के उम्मीद न हल। जादे से जादे कहत हल कि पइसा न दs, तू बगले के हs जबकि इ तs तनी जादे ही अपनापन देखा देलक।

रात फिर से लड़ाई शुरू हो गेल ठेला वाला के घर में। चंदन के पापा पूछे अयलन कि आज लड़ेला जायला है कि न। चंदन बालकनी में बैठ के सब खेला देखित हल। पहिले ध्यान देलक कि लड़ाई के समय ओखनी के हाव भाव कइसन है। बड़ा विचलित होइत हल ओकर मन आज ओखनी सब के बात सुन के। उ पापा के बात के जबाब देवे वाला हलक कि एगो दूसरा पड़ोसी पहुंच गेलक ओखनी के डांटेला। ठेला मालिक घर से तs तमतमायल निकलल बाकि चंदनमा के शांत देखके चुपचाप वापिस चल गेल। ओकर बाद घरो में ठेला वाला कुछो न बोललक आउ ओकर घर के बाकि लोग भी तनी मानी चिल्ला लेलन आउ जैसे जैसे बैटरी डाउन होल गेल, सब चल गेलन अपन-अपन जगह सूते ला। रोज के तुलना में आज फिलिम जल्दियो खतम हो गेल।

अगिला दिन चंदन फिर पहुँचल ठेला के पास आउ खाय ला लीट्टी माँगलक। ओहे समय बबलू आयल आउ आज गारी के साथ पिछले दिन वाला बात बोललक।

योजना के अनुसार चंदन हाथा पाइ पर उतर गेल कि अइसे कइसे बोल देले हमर चाचा के। बबलू चंदनमा के एक घूंसा मारलक आउ बदले में चंदन ओकरा कस के ठेल देलक। ठेला वाला चंदन के मदद में अयतक हल ओकरा से पहिलहीं इ सब हो गेल। योजना के अनुसार बबलू के पानी के डराम से टकरायला हल, कि सब पानी गिर जैतक हल बाकि ओकर गोर वास्तव में फिसल गेल आउ उ टकरा गेल चोखा वाला पतीला से जेकरा से सब चोखवा जमीन पर गिर परल। बबलू जइसे-तइसे उठ के भाग गेल। एगो दूसर लइका कहलक कि देखऽ तनी, इ दुगो के लड़ाई में बेचारा लिट्टी वाला के नुकसान हो गेलइ। एगो दूसर लइको कहलक कि इहे तऽ समूचे दुनिया में होबऽ है। लड़ऽ है कोई आउ परिणाम भोगऽ है कउनो निर्दोस आदमी। इ दुन्नो बात बोले वाला भी बबलूये के बोलावल हल। आजो सब काम योजना से होइत हल खाली चोखवा गिरे वाला घटना छोड़के। कमाल तऽ इ बात के हल कि ठेला वाला आदमी चोखा पर ध्यान न देइत हल आउ सब चंदन के उठावे आउ देखे में लगल हलन कि कहीं ओकरा चोट तऽ न लगल। चंदन सबके भरोसा दिलैलक कि उ एकदम ठीके हे। ठेला वाला लोग सब सामान समेटे लगलन वापिस जायेला। चंदन के पुछला पर उ सब कहलन कि बिना चोखा के लिट्टी के खायत। बड़का भीड़ जुट गेल हल इ सब घटना देखे में।

चंदन एके बेर जोर से बोललक, "रुकीं चाचा। इ सब हमरे कॉलेज के साथी हथ आउ देश के भविष्य, कल के निर्माणकर्ता हथ। इनकर आज के करल काम के छाप इनकर भविष्य पर पड़त। आज इ सभे लइकन हियां खड़ा होके लिट्टी खयतन आउ बिना चोखा के भर पेट खयतन आउ पूरे पइसा भी देतन काहे कि इ जे आज करतन ओकर फल बिहान पयतन।" चंदन अपने हाथ से लिट्टी ले के सबके हाथ में देवे लगल। इ सब ओकर पहिले के बनावल योजना के हिस्सा न हल। ठेला मालिक अचरज से ओकरा ओर देखित हलन।

चंदन मुस्करा के बोललक, "हमरा लिट्टी सेंके न आवऽ हे चाचा, उ काम अपनहीं के करे पड़त।"

ठेला मालिक के आँख से लोर चुए लगल हल। उ सब लोग लग गेलन लिट्टी सेंके में। खड़ा भीड़ के आदमी सब मांग-मांग कऽ लिट्टी खयलक आउ पूरा-पूरा पइसा देके गेल। एक घंटा में सब लिट्टी खतम हो गेल। उ सब चंदन के हाथ जोड़ के प्रणाम करके चल गेलन। चंदन के आँख से भी लोर के धार चलित हल।

आज चन्दनो जल्दिये घर आ गेल। बबलू फोन करके समाचार पुछलक काहे कि ओकरा बाद के घटना पता न चलल हल। ओखनी के अगिला दिन के योजना हल कि गुंडा निअर लइका के भेज के रंगदारी ला धमकावे के बाकि चंदन बोललक

कि अब इ करे के जरूरत न हे। अब एक आखिरी काम आज साँझ के पूरा करल जायत। बबलू के समझ में न आयल तs चंदन ओकरा रात में आवे लागी कह देलक।

साँझ में चंदन के पापा अयलन तs चंदन के खोजे लगलन पूछेला कि आज के योजना कइसन रहल काहे कि आज ठेला वाला के घर में एकदम शांति हलक। चंदनमो इंतज़ार करीत हल बात करेला। जल्दिये घर में बैठक होलक जेकरा में चंदन कहलक, "पापा, इ लोग तs निहायते गलत काम करीत अइलन है एतना दिन से हमनी के परेशान करे में। हमनी के कहियो कउनो गलती न हल तइयो हमनी तनी समझदारी देखा सकली हल। इ सब कहिये निपट जाइत हल। हल्ला सुन के शिकायत करे गेली, अनसा के झगड़ो करे ला तैयार हो गेली बाकि यदि अप्पन बनके जइति हल सहारा बने ला तs बात कुछ अलगे रहित हल। उ लोग तs अनपढ़ जाहिल हइये है, हमनी के बड़प्पन देखावे चाहित हल। ओकरा सबके सबक सिखावे चलली हल, उ तs पूरा होलक अच्छा से बाकि आज हमहुँ खुदो एगो बरका सबक सीख लेली।

कल जब उ सब आदमी के चेहरा देखली आउ ओकर व्यव्हार पर धेयान देली तब पता चलल कि लिट्टी के कम इया बेसी बिकनाइ तs बस एगो बहाना हल। असल में तs सबके गुस्सा आउ चिढ़ भरल है एक दूसरे पर ढेर मानी। आजतक कहियो कोई कोशिशो न कैलक कि ओखनी के अंदर नकारात्मक जमा भेल कचरा के निकाल फेंक देवल जाय। हम्मर मीत बबलू जे स्वांग रचलक हल उ दिन कॉलेज से सर्टिफिकेट निकाले ला, ओही इ लोग भी करित हथ जमाना से। आज इनका सबके तनी आदर से चाचा कि बोल देली, लिट्टी के खराब कहे वाला के भगा देली आउ लिट्टी बेचे में तनीसा मदद की कर देली की हिनकर सबके स्वभावे बदल गेल है।

लगभग हर जगह अइसने होबs है। केकरो कहीं कउनो काम में सफलता न मिलs है आउ सफलता न मिले के कारण पता न चलs है तs ओकरा अपने आप पर गुस्सा आवs है आउ उ आदमी उ गुस्सा कउनो कमजोर आदमी पर दिखावे के कोशिश करs है आउ ओइसनो मौका न मिलs है तs अपने घर के लोग पर। उ आदमी दिन के कउनो बात पर गुस्सा देखावे के स्वांग करs है कि कोई आदमी भरोसा देलाबे आउ बोले कि तहिया तs ठीक न होयल हल, अब आगे अच्छा होत। निमन परिणाम न मिले के कारण से लोग तरह तरह के स्वांग करs हथिन। उदाहरण ला यदि कोई लइका अच्छा से पढ़ न पावs है तs उ अपना बाप पर गुस्सा करs है कि ओकरा पढ़े ला कॉन्वेन्ट में न भेजल गेल आउ बाप बेटा पर नाराजगी

देखाबs हे कि एतना मेहनत मजूरी करके आउ दिक्कत उठाके सरकारी इस्कूल में कइसे-कइसे भेजली आउ तइयो न पढ़लक।

हो सकs हे कि हमनियो के परिवार के अइसन इस्थिति रहल होत। लगभग सभे परिवार में होइए जाहे कहियो न कहियो। समझदार लोग यदि पहिला कदम खटास बढ़ावे वाला ले हथिन आउ दूसरा कोई आदमी अहसास करा देहे तs उ चेत जा हथ। जे परिवार में इ न हो पावs हे उ घर के गाड़ी अइसहीं जइसे-तइसे खिंचाहे। का पता पहिले के घटना के कि हमनियो के साथे कुछ अइसने होइल होत। इ परिवार के जहिया से देखली हे, सब बाहरी आदमी चाहे हमनी आउ चाहे कोई और, जहियो गेल ओकरा हियां, बस इहे देखलक कि इ सब पेरले हे हमनियो के। कोई समझे न गेल उ लोग के कि एगो पड़ोसी हे आउ कौनो तकलीफ में तs न हे। सबके सब ओकर मानसिक जख्म पर तनी नीमके छींटित हलक। जब उ परिवार के लोग गुस्सा के आग में जलित हल तs सबलोग आग के बुझावे ला पानी डाले के बदला किरासन तेल डाल दे हलखिन। एकर सबूत हे हमरा प्रति ओखनि के व्यव्हार। हम तs ओकरा ठेला के नजदीक खाय के बहाना से गेली हल। वहां जाय के कारण तs हल हमरा आउ बबलू के छद्म लड़ाई शुरू करे के, ओकरा परेशान करे के बाकि ओकर व्यवहार हमरे सिखा देलक के निमन पेड़ के बीच बोयला पर निमन फल मिलs हे। इ लोग के जे भी गलती हल ओकरा सजा मिल गेल हे, कड़ाई से कम बाकि अच्छाई से जादे। उ लोग अप्पन गलती समझ चुकलन हे, अब जरूरी हे तs नया शुरुआत के। पापा-मम्मी अपने दुन्नो ओकर घर जाईं आउ हाल पूछीं अप्पन पड़ोसी के। जाके ओकर दुःख बांटी आउ हमरा पूरा विस्वास हे कि उ सब कल से हंगामा नहिये करतन अब आगे।"

चंदन के मम्मी तs भावुक हो चुकलन हल। उनकर आँख से लोर के धार चलित हल बाकि पापा अभीयो हल्के-हल्के मुस्काइत हलन। उ बोललन, "बड़ी संतुष्टि मिलल हे तोहर सोचे के तरीका जानके। हमरा खुसी इ बात से हे कि यदि अइसन इस्थिति अप्पन परिवार में बनत तs तू जानs हे कि का होवत सही कदम। बाकि दुनिया एतनो सीधा न हे। हम जाइत ही ओही करे जे तू कहलs हे बाकि निराश न होइहs यदि नतीजा उम्मीद निअर न निकलल।"

बबलू बड़ी देर से शांत बइठल हल। उहो अचानक हँसे लागल आउ कहलक, "तोर सब बात किताबी तौर पर सच्चे हल बाकि एक बात पर ध्यान देबे में तू भूल कैलs। हमर स्वांग पूरे सफल होयलक काहे कि उ में डर समाइल हल हमर रूप के। ठेलवो वाला के तोहर मीठ बोली पर ध्यान गेल काहे कि हम्मर डरावना रूप ओकर दिमाग पर सवार हल पहिले से। इ दुनिया में सब तरह के गुण के समन्वय बना के

रखे परतवऽ आराम से जियेला।"

चंदन भुलाइल निअर हो गेल। ओकर पापा ओकर माथा पर हाथ फेरलन आउ पड़ोसिया के घर चल पड़लन। चंदन अपन मित्र बबलू के बात के ध्यान से सोचलक तऽ ओकरा पता चललक कि केतना सच बात बोल गेल हलक बबलू। यदि भय न रहतक हल तऽ लोग भगवानो पर विस्वास न करतन हल।

10

फल मिलत सही मेहनत पर

किसुन के अपना जिनगी से बहुत शिकायत हल। एगो मध्यम किसान परिवार के लइका किसुन जेकरा परिवार के ओर से प्राथमिक जरूरत के सब चीज मुहैया करावल गेल बाकि किसुन के अनुसार भगवान ओकरा धरती पर भेजलन निम्मन हाथ, गोर, देह आउ सूरत देके बाकि किस्मत देबेला भुला गेलन। ओकरा शुरू में पढ़ावे के हर सम्भव कोशिश करल गेल। पंचमा तक तs कइसेहु घीच घाच के निकल गेल। छठा में जाके ओकरा किस्मत अइसन लंगड़ी मारलक कि ओकरा से आगे उ निकलिये न पायल। कई साल तक छठे में बितावे के बाद जब ओकर साथी संगति दसमा पास कर गेल आउ छठा किलास में नया-नया विद्यार्थी जे ओकरा से आधा उमीर आउ आधा लम्बाई के जमा हो गेलन तs उ लाज के मारे पढ़ाई से विदा ले लेलक। ओकर ई फैसला में बाप के दहाड़ आउ मास्टर साहेब सबके रोज के लताड़ के भी हिस्सा हल। ओकर एके किलास में लगातार फेल होबे के कारण उ समय ला अबूझ पहेली रह गेल। किलास में मास्टर साहेब जे सवाल बतैयलन, उ सब हिसाब बना ले हल। कउनो विषय के कउनो किताब के कउनो पन्ना अछूता न हल जेकरा उ याद न करs हल बाकि परीक्षा में न जानी काहे ठरमुरकी मार दे हल। आधा-आधा जवाब लिखे सभे सवाल के आउ कभी इ सवाल के उ उत्तर, कभी शुरू करे खूब बढ़िया से आउ चार वाक्य के बाद छोर देबल करs हल।

ओकर अनुसार सबके दोषी ओकर फूटल किस्मत हल। परीक्षा के पहिले सब विद्यार्थी तनी-मानी अक्किल लगैबे करs है कि जे पाठ जादे महत्वपूर्ण है तs एकरा विस्तार से पढ़ीं आउ दोसर पाठ के तनी कम ध्यान से। किसुन जे पाठ के

छोड़ देवे, परीक्षा में सवाल ओहे से आ जाये। जे पाठ निम्मन से याद रहs हल ओहो लिखित खानी एकबैग से भुला जाये। परीक्षा के डर से थरथरी आ जा हल आउ जे जानs हल, उहो गरबरा जाये। एही सब के रोना रोवित जब उ पढ़ाई के बरेरी में टांग देलक तs ओकर बाबूजी खेतिये में हाथ बटावे ला कहलन।

कुछ दिन खेती बारी में अहसान देखावे के बाद किसुन के लगल कि बड़ी मेहनत के काम हे खेती। बहुत दिन में फसल तैयार होबs हे यदि मौसम के मार से बच गेल आउ तब जाके पैसा आवs हे ओहु में फसल कटाई के समय भावो कमही रहs हे। कइसनो नौकरी रहे तs महीना-महीना खर्चा तs आइये जायत। अभी तक किसुन के बाबूजी खेती करइते हलन तs उ सोचलन कि किसुन के कइसनो नौकरिये लगा देल जाये। कउनो सरकारी नौकरी तs पचमा पास किसुन के लायक हलक न से ओकरा एगो गोदाम के रात्रि प्रहरी के काम मिलल। कै रात जागित जागित बितावे के बाद एक दिन उ सोचलक कि बेमतलब जागे के कउनो फायदा न हे आउ उ चैन से सूत गेल। ओहे रात गोदाम में चोरी हो गेल। बहोत बात सुनयलक ओकरा गोदाम के मालिक। ओकरा साथे मार-पीट तs न कयलक बाकि बिना पइसा के बेज़्ज़ती करके नौकरी से निकाल देलक।

किसुन के अनुसार एतना खराब किस्मत केकरा होत कि जहिया सुतल तहिये चोरी हो गेल। ओकरा ई न समझ में अयलक कि ओकरा सुतल देखके चोर गोदाम में घुसल हल। ओकर अगला रोजगार ओकर बाबूजी के कहला पर ग्रामीण बैंक में रोजाना मजदूरी पर मिलल। ओकर बाबूजी ग्रामीण बैंक के पुराना ग्राहक हलन आउ बैंक के मैनेजर से जान पहचान हो गेल हल। ओकरा काम देवल गेल कि जे किसान करजा लागी आवेदन करs हथ, ओकर घरे जा के कागज़ पत्तर के जाँच पड़ताल करके बैंक के सूचित करना कि ओकर जानकारी से उ आदमी सही हे आ ओकरा करजा देवल जा सकs हे। काम तs चपरासी वाला हल बाकि जब उ किसान के घर जाये तs सब स्वागत करs हलन बाबू निअर। पइसा के साथे इज्जतो मिले लगल तs ओकरा खूब मजा आवे लगल। एहो काम में एगो दिक्कत हल। करजा के आवेदन देवे वाला दुसरो गांव के लोग आवs हलन। घामा रहे चाहे बरसात, किसुन के चेक करेला जाय पड़े। कहियो खराब रास्ता में जाय से थकान बढ़ जा हल आउ कभी सड़क के दूर घर वाला के पास पैदल जाये पड़े जेकरा में जादे परेशानी होवल करे। एक दिन ओकर जाय के मन न हल आउ बैंक से कहल गेल कि काम आजे करना जरूरी हे। एतना दिन तक सब काम ठीके निकलल हल। आज उ सोचलक कि गांव के किसान सब सीधा सादा हइये हथ से उ अपने आवेदक के नकली दस्खत करके आ सब कागज़ पत्तर ठीक हे कहके बैंक में जमा कर देलक।

आवेदक के करजा तs मिल गेल बाकि जब पहिला क़िस्त जमा करे के समय आयल तs जमा न होलक। अगिला महीना पता चललक कि उ आदमी करजा के पइसा मिलइते शहर भाग गेल हल। बैंक मैनिजर के जाँच में पता चलल कि सब जानकारिये गलत हल। नकली पहचान आउ दोसर आदमी के खाता खेसरा जमा करलक हल उ आवेदक। बैंक उ आरोपी पर केस तs कयलक बाकि उ सब तs कागज़ी कारवाई हे। बैंक के तs नुकसान हो गेल। बैंक किसुन के काम से हटाइये देलक बाकि इ बेर बाबूजी के भी खूब सुने परल। फेर से किस्मते पर बात आयल कि सौ गो जाँच करलक मेहनत से आउ सभे ठीक निकलल आउ एगो में फांकी मारलक, ओही फ़र्ज़ी निकल गेल।

कुछ दिन शोक में बितावे के बाद किसुन व्यापार में हाथ आजमावे के सोचलक। उ अपने गांव में आटा चक्की वाला मिल खोललक। दू चार महीना ई काम अच्छे चलल कि अचानक बाहर के बेपारी गांव में आके किसान सब के छाँटल अनाज के बदले जादे मात्रा में फसल खरीद लेलक। दुकान सब में बड़का कंपनी के पीसल आटा आउ बेसन पहुंचावे लगल तs दोकान वाला के साथ किसानो सब मकई, गेंहू पिसावे के बंद कर देलक तs किसुन के मिल बंद हो गेल। इहे तरह उ दू-तीन काम में कोशिश करलक बाकि सब बेपार बर्बाद होयल। कोई बेपार दस दिन चलके बैठ जाय तs कउनो दसो दिन न चले। आखिर में उ अवसाद ग्रसित होके चिरचिरा हो गेल आउ बीमार रहे लगल। ओकर अब एके काम बचल हल कि किसिम-किसिम के कहानी सोचनाइ जेकरा में ओकर किस्मत दगा देलक हल। ओकरा समझावे के खूब कोशिश करल गेल बाकि जेतना समझावे बुझावे के बात कहल जाय, सब के अंत में किसुन अपना तरीका से अपना कहानी से जोड़ के दुखी हो जाय।

किसुन के इलाज खातिर अंग्रेजी डाक्टर, होमियोपैथी चिकित्सक आउ आयुर्वेदिक वैद्य से देखावल गेल। सबके एके कहना हल कि मानसिक समस्या हे आउ ई हालत में भुलावे आउ सुतल रहे के दवाई होवs हे जे आगे चलकs नुकसान देह होवत। सब जगह से चक्कर काटे के बाद ओझा भगत से देखावल जाय लगल। तंतर मंतर से झरवा-झरवा के आधा मूरी के केश झर गेल बाकि अवसाद न मिटल। बगल के गांव में एगो बाबाजी हलन जिनकर नाम हल विद्याधरी बाबा। उनका बारे में लोग के अलग-अलग राय हल। कुछ लोग उनका बारे में खूब बड़ाई के बात करs हलथिन कि उ पहुँचल बाबा हथ, उनका से जरूरी देखावे चाहीं। कुछ लोग के कहना हल कि उनका कुछो ज्ञान न हे। हियां तक कि उ भभूतो असली न दे हथ। अंग्रेजी दबइया के बुक के दे दे हथ। बाकि परेशान आदमी तs कहीं से सहारा खोजs हे।

किसुन के बाबूजी उनका पास जाके अपन समस्या बतैलन तs विद्याधरी बाबा के मामला बड़ा दिलचस्प लगल। उ समस्या के विस्तार से सुनलन आउ फेर ओतने बारीकी से ढेर मानी सवाल पुछलन। हरेक सवाल के जबाब के बाद पोथी-पतरा में आँख गरा के पढ़ित हलन। बीच-बीच में कुछो-कुछो बुदबुदाइतो हलन कि फलना तारीख के बरसा होवे वाला हे, फेर बरसा न होवत आदि आदि।

विद्याधरी बाबा किसुन के बाबूजी से कहलन, "हम अपने के बेटा के सुधारे के पूरा कोशिश करम बाकि एगो शर्त हे। अपने सुनबे कइली होबे कि हमर इलाज के तरीका अजीब होबल करs हे। अपनहुँ के ओइसने लगत। अपने अगिला छौ महीना तक कुछो न पूछम कि हम का करित ही आउ हमर आदेश केतनाहु अजीब लगे, अपने मानम जरूर आउ अप्पन बेटा के न रोकम। अगर अपने तैयार ही तs हम बतायम कि आगे का करेला हे।"

किसुन के बाबूजी धुकमुकायल हलन कि बाबाजी आगू कहलन, "चिंता मत करीं। कुछो अनर्थ न करायम हम। अपने के अपन लइकवा ला जे चिंता हे उ हम समझs ही बाकि सोंची कि अपने सबसे पहिले तs न अइली हे हमरा पास। जब कउनो रास्ता न मिलल तबे हमर याद आयल। कहे के माने कि हर जगह से हारल ही अपने। एकर बाद अब का नुकसान होयत। कहीं हमर करलका से ठीक हो जाय।"

किसुन के बाबूजी अभियो धुकमुकायले हलन बाकि बाबाजी के एक बात चोट करलक हल कि हारल आदमी आउ जादे का हारत। उ हामी भर देलन तs बाबाजी एक बीघा जमीन के परती छोड़ देबे ला कहलन आउ बिहान होकs किसुन के भेज देबेला। किसुन के बाबूजी हंकारि तs भर देलन हल बाकि मांग बड़ी अजीब लगल आउ सोच में पड़ गेलन कि कहीं एही बहाने जमीनवा हथियावे के तs न सोचित हे इ ढोंगी बाबा।

बाबाजी हलन शातिर। उनकर मनोदशा गम लेलन आउ हसित कहलन, "अप्पन मनगढंत विचार पर लगाम लगाईं। हम अपने के जमीन के कुछो न करम आउ पइसो तभिये लेम जब अपने संतुष्ट हो जायम कि किसुन सुधर गेल। अपने मने कहानी बनाके अपनहुँ लइकवे निअर काम करीत ही।"

किसुन के बाबू लज्जित हो गेलन आउ चल गेलन बता के कौन जमीन पर उ खेती न करतन। अगिला दिन किसुन बाबाजी के भीर पहुँचल तs बाबाजी पूजा पाठ के बड़का गो चउका बैठले हलन आउ हिरिंग भिरिंग निअर मंतर लगातारे पढ़ित हलन। किसुन चुपचाप ओहीजे बैठ गेल। जब बाबाजी के ध्यान टूटल तs प्रणाम पाती कयलक।

बाबाजी बड़ी जोर शोर से कुशल क्षेम पुछलन आउ कहलन, "तोहर बाबूजी तोहर जलम पतरी दे देलन हे। हम तोरा आवे से पहिलही से तोरा नाम के पूजा शुरू कर देली। हमरा पूजा से पता चलल हे कि तू गलत सोचित हs। तोहर किस्मत खूब बढ़िया बनावल गेल हे। अभी तक दरसन न होलबs हे से तs ठीक बात हे बाकि हे तोरा भाग्य में बहुत कुछ लिखल।"

किसुन रोवल निअर बोलल, "इ सब हम सैकड़ो बार सुन चुकली हे। आज तक जब दरशने न होल तs कइसन बढ़िया होल।"

बाबाजी दुलार से कहलन, "तू एकदमे न समझलs हम्मर बात। तोहर जीवन सबसे अलग हे। तोरा किस्मत में क़िस्त में छोटा-छोटा असर मिले ला न लिखल हे। तोरा एके बार में एक साथ ढेर मिले वाला हबs, एही से अभी तक सब खराब होइत हल। तनी तनी सा जब दोसरा के मिलs हे उ कोई बड़का चीज न होबs हे। तोहर सब जमा हे जे एक्के साथ मिलतबs।"

अब किसुन के ध्यान आकर्षित होल, उ कहलक, "अइसनो होबल करs हे का? पहिले तs न सुनली कहियो। खैर बताईं कि का बड़का चीज मिलेवाला हे हमरा।"

बाबाजी मुस्कुराइत कहलन, "मिले ला तs हे बाकि तू देवी देवता के नाराजो बहुत कर देलs हे गरिया-गरिया के, से हो सकs हे तनी देर लगे आउ मेहनतो लगे बाकि हम दिलायम जरूर।"

किसुन जबाब देलक, "मेहनत करे से कहियो न भागली हे। पहिले बताईं कि कउची हे खास हम्मर भाग्य में।"

बाबाजी अब गंभीर होके कहलन, "बतावित ही, बाकि इ बात केकरो पता न चले चाहीं, उ चाहे तोहर इयार दोस्त होवथ इया घर वाला। सारा काम अपने अकेले से करबs आउ कउनो इस्थिति में केकरो कुछो न बतैयबs। साथे साथे नाराज न करेला हे आदि शक्ति के। हम तोरा बाबूजी से नाला किनार वाला जमीन मांग लेली हे तोरा ला विशेष कारण से। ओकरा में खजाना गरल हे। आज रात में चलिहs। हम अप्पन शक्ति से जगह पता करके निसान पार देम। कल सबेरे किरिन फूटइते शुरू कर दीहs अपने से खुदाई। किरिन फूटइते समय के मुहूरत हे। चाहे केतनो देर में खोदिहs बाकि शुरू हो जाय चाहीं समय में। मुहूरत छूट गेल तs कुछो न मिलत।"

किसुन के सब बात अटपटा लगल बाकि बाबाजी के कहे के तरीका से उ मोहित हो गेल हल। अपना घर में पुछलो पर कि बाबाजी का बतलयन, उ कुछो न कहलक आउ रात में चल देलक ओहे खेत पर बाबाजी के साथे। एकदम घुप अंधरिया हल से कुछो देखाई पड़ित न हल। तनी देर तक बाबाजी मंतर पढ़लन आउ एक जगह जाके अप्पन कमंडल के पानी उलट के कहलन कि अइजे हे खजाना। अँधेरा में

कुछो न बुझाइत हल से किसुन कहलक कि अप्पन चप्पल छोड़ दे ही ओहीजे पर चिन्हासी ला काहे कि भोरे तक पनिया तऽ सूख जायत। बाबाजी गोसाइत डाँटलन कि इ पवित्र जल हे। एकरा पर शंका करके एकरा अनादर न करे चाहीं। एकर अपन प्रभाव हे जेकरा से सबेरे तक न सूखत। किसुन तनी घबरा गेल बाबाजी के गुस्सा देखके। उ चुपचाप बात मान के लौट गेल। रास्ता में बाबाजी ओकरा बढ़िया से समझैलन कि गुस्सा करना जरूरी हल न तऽ कहीं जल देवता बुरा मान जइतन हल।

किसुन अप्पन घर चल गेल। आज ओकर आँख से नींद गायब हल। एक-एक मिनिट गिनगिन के काटे पड़ल हल रात बीते के इंतज़ार में। करीब पांच बजे किरिन फूटे वाला हल। तीन बजे अचानक घनघोर बादल छा गेल आउ एक घंटा मूसलाधार पानी परल। किसुन के लागल कि बाबाजी के बात सांचे साबित होवित हे। पहिला बार किस्मत ओकर साथ देबइत हे। पनिया परे से जमीन गिल्ला हो जायत आउ कोरे में आसान होत।

बाबाजी के बतावल समय पर किसुन कोदारी लेले पहुंच गेल खेत पर। उहाँ पहुंचते ओकर गोर के निचे से जमीन खिसक गेल काहे कि पूरा खेते में पानी लगल हल। इ बात तऽ ओकर दिमाग में अइबे न कइल हल। बरी दिमाग लगयलक कि बाबाजी कहाँ पर निशानी देलन हल बाकि अंदाज़ा नहिये लगा पैलक। फेर उ देखे के कोशिश कयलक कि कहीं बाबाजी वाला तनी अलगे रंग के होवत बाकि कउनो नतीजा तक न पहुँचलक। उ मान लेलक कि किस्मत एक बेर फेर धोखा देलक हे ओकरा। अपन किस्मत पर गोस्साइत रोवल निअर बाबाजी भीर पहुँचल आउ बतयलक पूरा बात। उलटे बाबाजी गरजलन किसुन पर, "तू हियाँ काहे अयले बेवकूफ मुहूरत छोड़ के। तनी सा तऽ दिमाग लगइते हल। बतावल जगहवा कहूँ पर हल बाकि हल तऽ खेतवे में न। कोदारी लगा देते हल कहूँ पर। यदि बतावल जगहिया नहिये मिललऽ तऽ पूरे खेत कोर देते हल। बड़ा खजाना मिले ला हउ आउ एतना मेहनत न कर सकऽ हे। जल्दी भाग आउ काम शुरू कर। हम पूजा पर बैठऽ ही आउ मनावऽ ही भगवान के कि माफ़ कर देवल जाये मुहूरत छोड़े लागी।"

इ कह के बाबाजी हबर-हबर खोजे लगलन अपन पोथी पतरा आउ आचमनी के। उनका देखके किसुन कोरे खातिर वापिस जमीन पर भाग पड़ल। जहाँ सबसे जादे पानी लगल हल हुयें से कोरे के शुरू करलक। जब ओइजा कुछो न मिलल तऽ दूसरा जगह कोरे लागल। आधा दिन तक जमीन कोरे में लागल रहल। दुपहरिया में बाबाजी पहुँचलन आउ कहलन कि मिलतउ जरूर आउ खज़ाना बेचके रुपैओ अयतउ ढेर मानी बाकि तू शुरुआते में गलती कर दे हे। अब कम से कम खुदाई

तs पूरा कर ठीक से। किसुन दिन भर लगल रहल कोरित-कोरित थकियो गेल बाकि खज़ाना न मिलल। बाबाजी कहलन कि खाली शुरू करे के मुहूरत पकड़े ला हल। खुदाई के काम केतनो दिन में पूरा करल जा सकल हल। जल्दी तs ओकरा हल खज़ाना देखे के। बड़ी थकल हल तइयो अगिला दिन भोरे से खेत कोरे में लग गेलक। ओकर घर वाला लोग बहुत कोशिश कइलन जानेला कि आखिर का होवित हे बाकि उ केकरो कुछ न बतावे। एतना मेहनत करे के ओकर आदत तs हल न पहिले से, तइयो खज़ाना के लालच में अगिला दू हफ्ता तक जमीन कोरित रह गेल। पूरे खेत कोरा गेलक बाकि मिलल कुछो न। इ बिच बाबाजी आना छोड़ले हलन।

अब किसुन के दिमाग में आइल कि बाबाजी फेर पूजा पाठ करके खज़ाना के जगह काहे न पता कर ले हथ। कोरे के काम तs करिये लेली मुहूरत से शुरू करके। अइसने विचार लेके उ बाबाजी के हियां पहुँचल तs बाबाजी बड़ी उत्सुकता से पुछलन कि का मिललs। किसुन गोस्सा रोकित अपन खिस्सा बतयलक।

बाबाजी तनी सोच के कहलन, "देख, खज़ाना तs हउ तोरा खेत में आउ तोरा किस्मत में मिलना भी लिखल हउ। दोसरा केकरो देखाइयो न पड़त उ। अब यदि तोरो न देखाई परित हे तs एकर माने कि अभी दोस लगल हे। धरती माय भी नाराज हथुन। उनका खुश करेला कुछो देबे परतउ।"

किसुन घिघियाइत कहलक, "लगित हे हर कोइये हमरा से खिसियायल हे। जल्दी बताईं, का करे पड़त।"

बाबाजी कहलन, "सोच कि जब कउनो छोटा लइका नाराज हो जाहे तs का करल जाहे। ओकरा मनावल जाहे आउ ओकर पसंद के चीज खाये ला देवल जा हे। हम जाइत ही पूजा-पाठ से उनका मनावे आउ तू जा, धरती माय के खाना के इंतज़ाम करे।"

किसुन अकचकाइत कहलक, "धरती के का खियावल जायत?"

बाबाजी मजाक में हसित बोललन, "तोरे न जादे जाने चाही, तू किसान घर के हs। केतना साल से धरती से अनाज निकालित रहलs हे, जा उहे वापिस कर दs,ओहे काफी होयत। तोरा घर में गेहूं तs होत अभी, ओहि अर्पित कर दs। ध्यान रखिहs कि पूरे खेत में एक बराबर छिंटाये चाहीं, कहूँ जादे आ कहूँ कम न। इ बस देखावल जाइत हे कि हम सेवा में लगल ही। हल्के हल्के छिट दिहs एक बराबर। एगो बात अउर, हो सकs हे कि आउ सेवा करे पड़तवs आगे भी बाकि निश्चिंत रहिहs, जहिया सब दोस कट जतवs, खज़ाना मिल जतवs। एकर बाद इंतजार करs आउ सचेत रहिहs, कोई न कोई इशारा जरूर मिलत।"

किसुन लौट गेल आउ इंतज़ार करे लगल खेत में गहूम छीटे के बाद। कुछ दिन के बाद बाबाजी ओकरा बोलवयलन आउ कहलन, "आज के पूजा में एगो निम्मन संकेत आयल हे बाकि अभियो बाकी हे तोहर हिस्सा के काम। खाना तs खिया देलs धरती माय के आउ उ ग्रहण कर लेलन हे बाकी हुनका पानी न पियइलs। जाके पानी पिलाबे के उपाय करs।

किसुन फिनु से अलबला गेल कि कइसन नया-नया आदेश देबs हथीन बाबाजी। अनसा के पुछलक कि अब पानी कइसे पियावल जाहे धरती माय के। बाबाजी बतैयलन कि तोहर बाबू अहरा से करहा बनाके पानी लावs हथुन खेत में पटवन करेला, उहे में तुहु जोर के ले आवs पानी। धरती माय के पनिये न चाहीं, कइसे आयल ओकरा से धरती माय के का लेना देना। किसुन उनकर बात मान के चल गेल आउ जइसे बतावल गेल, ओइसही कैलक।

करीब एक महीना शांति से प्रतीक्षा करित रहल बाकि जब एक दिन झमठ के बरसा बरस गेल तs उ दउरल गेल बाबाजी भीर आउ कहलक कि पानी परे से कोरलका माटी सब भसियायल जाइत हे आउ पूरे खेत में ठेहुना भर घास उग आयल हे। पुरनका मेहनत सब बरबाद होइल जाइत हे। बाबाजी कहलन कि एकदम उल्टा सोचित हे तू। धरती माय के बचल खुचल गोस्सा के ठंडा करे लागी इंदर भगवान तोहर मदद करित हथुन पानी बरसा के। जेकरा तू घास कहित हे ओकर रंग देख। एकदम हरियर-हरियर हउ जे सदभावना के प्रतीक हे जेकर माने हे कि तोहर मेहनत से खुश होवित हथुन धरती माय। बस मेहनत करित रह आउ आउ इंतजार कर।

किसुन के इंतजार जारी रहल। लगभग चार महीना बीत गेल अइसही। हरेक सप्ताह उ बाबाजी के भीर जायल करे पूछेला कि अब आगे का करेला हे आ कहिया मिलत खज़ाना। बाबाजी ओकरा समझा बुझा के भेज देवित हलन कि उ लगल हथन पूजा के जरिये पता करे में। जल्दिये मनोकामना पूरा हो जायत। किसुन के शारीरिक मेहनत करे आउ दौड़ भाग करे से स्वास्थ्य बहुत सुधर चुकल हल। अब तनी मानी हंसियो लेवल करित हल। किसुन के बाबूजी आउ घर के सभे लोग पहिले बहुत चिंता में हलन विद्याधरी बाबाजी के खुला छूट देके बाकि किसुन के स्वास्थ्य आउ सोभाव में बदलाव देख के अब खुस हलन।

पूरा खेत में गहूम के फसल जबरदस्त लहलहाइत हल आउ बाली पक के तैयार होल हल। बाबाजी खबर भेजलन कि मंगल बेला आ गेल है। खजाना के लालच किसुन के गोर में पंख ला देलक हल। उ तुरत ही पहुंच गेल बाबाजी के पास आउ हाथ जोड़ले खड़ा हो गेल। बाबाजी कहलन, "सब पुराना दोस कट चुकलवs हे आउ

समयो आ गेल हे तोहर किस्मत के केमारी खुले के बाकि एके गो डर हे हमरा।"

किसुन के लगल कि फेर से ओकरा आसमान पर चढ़ाके जमीन पर पटक देवल गेल हे। पुछला पर बाबाजी बतैलन, "तोरा पर पहिले से बड़ी मानी संकट हल। बस डरित ही कि कोई गलती से फिन से कोई गरह न आ जाये। हरेक कदम फूँक-फूँक के रखे परतवs। अभी जे जमीन के कोरबs तs फसल तैयार होलबs हे, उ बरबाद हो जतवs। इ फसल तोरा प्रसाद के रूप में देवल गेल हे जे कउनो पूजा सम्पन्न होला पर मिलल करs हे। धरती माय तोरा परसादी देलथून हे। एकर अनादर करना ठीक न हे। पहिले एकरा साथे उहे करs जे संसार के नियम हे। एकरा बढ़िया से काटs आउ फिर दउनी ओसौनी कर के बज़ार ले जाके बेच आवs। जेतना पैसा मिलतवs, उ लेके अपन बाबूजी के संगे-साथे अइहs। अगिला पूजा के बाद फेर से खेत में चिन्हासी दे देबुअs।"

किसुन के गोस्सा आउ निराशा दुनो होलक बाकि उ बाबाजी के अंधभक्त हो चुकल हल आउ दोसर उपायो न हल। फिर से हाथ डोलावित चल गेल आदेश के पूरा करेला। कुछ दिन बाद किसुन अपन बाबूजी के साथे बाबाजी के हियाँ पहुँचल। बाबाजी मुस्काइत पुछलन कि केतना में फसल बिकलवs। किसुन बतयलक कि पइसा तs ढेर मानी मिलल हे। ओकर बाबूजी एतना पइसा सुनके खुश हलन बाकि तनी लालच समायल हल गरल खजाना मिले के नाम पर। दुनो एक साथे पूछलन कि खजाना कहाँ पर खोजल जायत।

बाबाजी ठठा के हंस देलन आउ कहलन, "खजाना तs निकालिये लेलs आउ बेचियो देलs। तभिये नs एतना पइसा अलवs हे हाथ में।"

किसुन अकचका गेलक बाकि ओकर बाबूजी बूझ गेलन आउ हाथ जोड़ के बइठ गेलन। बाबाजी आगे कहलन, "जेकरा तू गेहू बुझलs, ओहि हे खजाना जे तोर खेत से निकलल हे। फेर से मेहनत करबs तs फेर से फसल उपजतबs आउ पइसा आवित रहतवs।"

किसुन गोस्सा में बोले लागल, "अपने हमरा बुरबक बनैली हे। किस्मत खराबे हे हम्मर। कउनो खजाना न लिखल हे हमर किस्मत में। काहे छौ महीना तक हमरा भावना से खेलित रहली ?"

बाबाजी बड़ी प्यार से कहलन, "एहि तs समझावित हली बउआ। मेहनत करबs आउ सही तरीका से करबs तs जरुरे फल पयबs। एतना बड़ा रकम हाथ में लेले बइठल हs आउ कहित हs कि कुछो न अच्छा होबs हे तोरा साथ। जहिया पढ़ित हलs, सब पाठ के आधा अधूरा पढ़ित हलs। आधा अध्याय काहे पढ़s हलs। अगर तोहर पढ़लका से परीक्षा में सवाल न आवित हल तs पूरे अध्याय काहे न पढ़s

हलs ? नौकरी करित खानी भले पहले गलती पर समस्या होलक बाकि लापरवाही के कारण वाला गलती तs तोरे तरफ से होयल हल। वेपार सब में तुरते हार मान लेवित हलs। कहियो ओकर तोर निकाले के कोशिशो न कैलs। बस हार मान के बइठ जा हलs कि किस्मत के मारल हलs। कहियो परिस्थिति से लड़े के प्रयासो न करलs। जब तोर आटा चक्की मिल में लोग आटा, बेसन पिसाबे न आवित हलन आउ पैकेट वाला समान ख़रीदइत हलन तs तूहो आटा, बेसन, सत्तू के पैकेट बनावे लगतs हल। उ में कहीं जादे फायदा मिलतवs हल। आज हम्मर बात भले ही दूसरा मतलब से मानलs बाकि देखs कि सही समय पर सही तरीका से पूरा काम सम्पादित कैलs तs परिणामो निम्मने न मिलल। अइसनो हो जा हे कि खूब काम कैला के बादो कभी-कभी विपरीत परिणाम मिलs हे तs ओकरा भगवान के मरजी मान के भूल जाय चाहीं आउ फेर समय पर सही तरीका से काम शुरू करे चाहीं। अच्छा फल मिलबे करत। यदि विपरीत परिणाम देखके आदमी लड़ना छोड़ दे हे आउ अप्पन काम करना बंद कर दे हे से तs उ सही मायने में हार जा है।"

किसुन ध्यान से सुनलक आउ आगे बिना जबाब देले चल गेल। ओकर बाबूजी पुछलन, "जब अपने के सब काम ओकरा समझावे के नियत से हल तs हमरा सामने पोथी -पतरा के स्वांग काहे कइली?"

बाबाजी हसित कहलन, "अपने के सामने कउनो नाटक न कइली, पोथिये-पतरा से न पता चलल कि कउन फसल के योग बनित हे। इ बार कहिया कउन नक्षत्र में पानी परत। ओहि हिसाब से सारा योजना बनैली हल। हाँ किसुन के सामने पूजा आउ मंतर एगो नाटक हल ओकरा विस्वास दिलावे ला। ई सब पोथी-पतरा, वेद, पुराण, इया कउनो धरमग्रंथ सही समय पर सही राह देखावs हे। कुछ ठग जइसन लोग एकरा सब के पाप कटावे के साधन बतावित हथ आउ दोसरा के उल्लू बनाके रुपैया पइसा ठगे के काम करित हथ। पाप आउ पुण्य के अवधारणा समाज के सुव्यवस्थित चलाबे ला बनावल गेल हे न कि ठगमंतर करे ला। सही समय पहचान के सही तरीका से काम करे से फल अवश्ये मिलs हे न कि पूजा-पाठ करे से।"

दुन्नो खूब ठहाका लगाके हंसलन आउ किसुन के सुधारे आ सही राह देखावे के काम पर गुरु दक्षिणा के नाम पर एक दिन भोज खियाबे के वादा के साथ किसुन के बाबूजी खुशी-खुशी घर चल गेलन।

11

करनी के फल

एगो गांव जिला मुख्यालय से करीब-करीब तीन कोस के दूरी पर हल। इ गांव, शहर से एतना दूर कि आकस्मिक इस्थिति होला पर जल्दी से जैलो न पार लगे आउ एतनो जादे दूरी न कि शहरी बदलाव के असर न आ पाए। गांव यदि शहर से खूब दूर रहत हल तs उहाँ के लोग खेती बारी करित गवाँर बनल रह जैतन हल बाकि नया पीढ़ी के लइकन सब पढ़ लिख के अपन-अपन रास्ता पकड़े लगलन। नया-नया लूर सिखलन, उ चाहे व्यापार में हो इया राजनीति में। जादे लइकन नौकरी करे में ध्यान लगावे लगलन। एही साथे कुछ लइकन नशा आदि के आदत लगा लेलन आउ जादे पइसा कमावे लागी चोरी डकैती में भी शामिल हो गेलन। कहे के मतलब इ कि उ गांव में हर किसिम के आदमी हलन।

उ गांव में दुगो परिवार हल जे एके परिवार के बंटला पर अलग-अलग रहs हलन। एक समय में दुनो परिवार हैसियत में आसमान जमीन के फरक हो गेल। एक परिवार के पास काफी जमीन आउ पइसा हल तs दूसरा परिवार जादे गरीब हो गेलन हल जिनका खानदानी जमीन भी बचा के रखल मुश्किल होइत हल काहे कि मौके बेमौके जमीन बेच के शादी इया मरनी के कारज करs हलन।

धीरे-धीरे समय बदलित गेल आउ दूनो परिवार में आदमी के संख्या बहुत बढ़ गेल। एक आदमी के कै कैगो बच्चा आउ उ सब फिर आगे ओइसही बढ़ल गेल। दूनो परिवार एकदमे छितर चुकल हल। एके गो चीज हल जे दूनो परिवार के जोड़ले रहल आउ उ हल मनमुटाव। समय-समय पर आवे वाला नया-नया मनमुटाव। कहियो बड़का परिवार के कउनो औरत छोटका परिवार के औरत के बोल देलक कि तू लोमड़ी निअर देखाई पड़s है। बस हो गेल बतकुच्चन आउ बोलचाल बंद। कहियो बड़का घर के कउनो लइका गरीब परिवार के लइका के अनचेतले पीट देलक कि हो

गेल कहा-सुनी सियनको में। एक बेर बड़का झगड़ा भी हो गेल हल जब एगो दोसर के जमीन हथियावे के कोशिश करलन बाकि हमेशा छोटके यानी गरीबे घर के लोग सही रास्ता पर रहऽ हलन।

आज के दिन में बड़का परिवार के लोग राजनीति से जुड़े के बाद रंगदार बन गेलन हल, जादे पइसा कमाये खातिर पाकिटमारी, चोरी-डकैती आउ गुंडई अपन पेशा बनैले हथ। एकर उलट छोटका परिवार के लोग पढ़ लिख के वकील, डाक्टर, इंजीनियर, आदि बनल हे आउ कुछ लोग व्यापार में लगल हथिन।

इ सब में से बड़का परिवार के दूगो चचेरा भाई जैतु आउ भागू के छोट-मोट चोरी करे के साझीदारी हल आउ अइसही ओकर दिन कटइत हल। कभी कभार इ दूनो चोरी करइते पकराइयो जा हल। कहल जा सकऽ हे कि इनकर दोसर घर जेल हल। दोसर तरफ छोटका परिवार के एक सदस्य हल मुरारी जे पढ़ लिख के वकील बन गेल हल। भागू आउ जैतु जब कभी पुलिस से पकड़ा जा हल तऽ ओकर परिवार वाला लोग मुरारी के वकील रखऽ हलन जे जमानत करावऽ हल आउ केस के पैरवी करऽ हल। जैतु आउ भागू दूनो मुरारी के स्थायी मुवक्किल बन गेलन हल। मुरारी के ओखनी के जमानत करावे इया केस लड़े लागी फीस के नाम पर मुरगा दारू के पार्टी मिलऽ हल।

अपन परिवार के सभे सदस्य के तरह मुरारी के मन में बदला के भावना बइठल हल। उ सब अपन परिवार के पुराना बेज्जती के बदला लेवे के मौका खोजित रहऽ हलन। ओकर बाद भी अपन विकास पर जादे ध्यान दे हलन।

एक दिन जैतु आउ भागू एगो पाकिटमारी के केस में जेल चल गेल। अगिला दिन मुरारी दुनहु के जमानत करवा कऽ जेल से छोड़ावे के बाद अपने गाड़ी में लेके आवित हल। रास्ता में उ एयरकंडीशन मशीन ख़रीदलक आउ घर पर मिस्त्री के साथे लगवावे लगल। जैतुआ के बड़ा खराब लगित हल उ सब देखके बाकि ओकरा कोई चारा चलित न हल काहे कि इ बेर चोरी वाला पइसबो घूस देवे में आउ जमानत करावे में खतम हो गेल हल। मनमसोस के दूनो चोर भाई मुरारी के मुरगा दारू के नेवता देके चल गेलन। फिरि में मिले वाला दारू केकरा न पसंद आवऽ हे। मुरारी ख़ुशी-ख़ुशी पार्टी में शामिल होवे के हामी भर देलक।

आज जैतुआ बड़ी दुखी हल कि ओकर घर में कुलरो न आ इ वकिलवा अपना घर में ए॰ सी॰ मशीन लगा लेलक। दोकानवो में दोकान के मालिक मुरारी से आदर से बात करीत हल आउ दुकान के मिस्तीरी इ दूनो के नौकर अइसन सामान उठावे ला कह देलक हल।

रात के पार्टी में दू तीन पेग के बाद दारू बोले लागल आउ जैतुआ छितराय लागल अपन किस्मत के दोष देवे में। मुरारी के दारू पचावे के कैपेसिटी बड़ा हल जेकरा से उ जल्दी में बहकs न हल। उ अभियो पूरा होश में हल। ओकर वकील दिमाग बड़ी तेजी काम करित हल। मौका हल बदला लेवे के, जैतु आउ भागू दूनो नशा में डूबल हइये हल। मुरारी दूनो के सलाह देलक कि तोहनी सब छोट-मोट चोरी में काहे लगल हे। एके बेर बरका हाथ मारs जेकरा से घर के हालतो सुधर जतवa। फेर उ पइसा पर तनी दिन शांत रहिहs। इ सलाह दूनो चोर भाई के पसंद अयलक काहे कि कचहरी में बचावे वाला त हइये हलs मुररिया।

मुरारी के दिमाग अलगे चलित हल। यदि इ दूनो कउनो डकैती में पकड़ा जायत तs ओकरा छोड़ावे लागी फीस में जमीन के मांग करत इया यदि दूनो पइसा लेके भागे में कामयाब हो जाइत आउ बाद में पकड़ा जायत तs उहे पइसा के मांग करत केस लड़े ला। यदि उ दूनो डकैती करे में सफल हो जायत आउ पकरैवो न करत तs मुरारी के आराम रहत दूनो के नौटंकी से। जैतुआ एकदम से लग गेल कउनो बड़का डकैती के योजना बनावे में बाकि नशा उतरे के बाद, भागू इ करे में डरित हल। जैतुआ अकेलही सामान जुटावे में लग गेलक। उ अपने गांव के सहकारी बैंक के लुटे के योजना सोचलक आउ इ बात मुरारी से बतैलक। मुरारी के जैतुआ के द्वारा बैंक लुटे के उम्मीद न कैलक हल। उ जैतुआ के सामने अचरज प्रकट करे के कोशिश न करलक बाकि ओकरा से कहलक कि गांव के बैंक में का मिलतउ। जब एतना सोचिये लेले हे तs शहर के कउनो बड़का बैंक में हाथ मार। जैतुआ के इ सलाह बहुत पसंद अयलक बाकि भागू ओकरे अप्पन भाई के कहानी सुना के डेरा देलक कि ओकरे भाई एक बेर दोसरा राज्य में चोरी करइत पकड़ा गेल हल तs मुरारी हुआँ जाके केस लड़े ला तैयार न होलक हल इ कहके कि ओकर दूसर राज्य में वकालत के लाइसेंस न हे। अनपढ़ जैतुआ इ बकवास तर्क के मान लेलक हल जबकि मुरारी बाद में उ केस में लम्बा सजा काटित अपराधी के उहे शहर के जेल में बदली करवा देलक हल जेकरा से ओकर परिवार के लोग ओकरा से जेल में भेंट कर ले हलथिन।

मुरारी के इ बात पता चलल तs उ दुन्नो के लेके कपड़ा फींचे वाला मशीन खरीदे शहर गेलक। अब जैतुआ के अंदर के इच्छा एक बेर फेर जग गेलइ तs इ बेर उ भागू के बैंक लुटे खातिर मना लेलक, साथे उ एहो कहलक कि चाहे पइसा मिले इया न मिले, उ कउनो हालत में पकरल न जायत। इस्थिति बिगरला पर उ सब बिना पइसा लेले भाग जैतन। अब उ एगो बैंक लुटे के पूरा पिलान बनाके तैयार हल। भागू मान तs गेलक बाकि अभियो उ पूरा खुश न हल बड़का शहर के बैंक लुटे के

पिलान से काहे कि हुआँ सिपाहियो जादे रहs हई आउ भीड़-भाड़ भी जादे रहs हई। अंत में ओकर लालच जैतुआ के साथ देवे ला मजबूर कर देलक ओइसहूँ उ जैतुआ के बोलयला पर बिना सोचले समझले पहुँचिये जा हल।

एक दिन दुनो जैतु आउ भागू अप्पन मुंह पर करिया रुमाल बांधले एगो बड़का बैंक में घुस गेल। भागू अभियो पूरा योजना से अनजान हल। जैतुआ एगो देसी कट्टा निकाल के चिललयलक अपन बैग में पइसा डालेला। भागू चाकू से डेरावे में आउ चुपके से माल उड़ावे में माहिर हल। जैतु के हाथ में कट्टा देखइते ओकर सिटी-पिटी गुम होगेल। ऊपर से सब लोग दुनो के देखित हल डर से बाकि भागू खुदे मूर्ति निअर खड़ा हो गेल हल। जैतुआ के दिमाग काम न करित हल ओकरा देख के। एगो नौजवान लइका जे बैंक के ग्राहक हल, उ भागू के इस्थिति समझ गेल आ उ लइका भागू के पकड़े लागी एकबैग हमला कर देलक। जैतुआ के समझ में न अयलक कि अचानक ई का हो गेल तs हरबरी में फायर कर देलक।

गोली उ लइकवा के छाती पर लग गेल आउ तुरते उ लइका खून के फव्वारा बहावित गिर परल। जैतुआ के हाथ में देसी कट्टा हल जेकरा में एक बेर में एके गोली लोड होवs हल आ ओकरा पास गोली रीलोड करे के समय न हल। अगर उ ढेर मानी गोली वाला पेस्तोलो धइले रहित तैयो ओकरा में कुछ कर पावे के हिम्मत न बचल हल। उ कट्टा फेंक के भागू के खींचे के कोशिश करलक। भागू के गोर तs जइसे जमीन में धंस चुकल हल। हरबड़ी में ओकर चेहरा पर के रुमालो खुल गेल हल। देसी कट्टा से एके गोली जरूर निकलs हे एक बेर में बाकि उ होवs हे तोप के गोला निअर। उ नौजवान जे भागू के पकड़ चुकल हल, गोली लगे के बाद भागू के गोर पर गिर गेल हल। जैतुआ एक बेर कोशिश करे के बाद ओकरा छोर भाग निकलल बाकि ओकर चेहरा सब लोग देख लेलक आउ कैमरा में भी कैद हो गेल।

भागू के सब लोग जी भर के धोवे लगलन। जेकरा देह में हूबो न हल सेहो सब अपन अपन हाथ साफ करइत हलन। भला हो उहाँ के पुलिस के जे जल्दिये पहुँच गेल आ भागू के लोग के भीड़ से छोड़ावे में सफल होलन। तनिको आउ देरी होत हल तs भगुआ के लाशे बरामद होत हल। पुलिस ओकरा न्यायिक हिरासत में जेल भेज देलक। जैतुआ तs फरार हो गेलक बाकि पूरे शहर में इ घटना के हल्ला हो गेलक आउ सबके मोबाइल में जैतुआ के चेहरा पहुँच गेलक। तुरते टेलिविजन चैनल सब इ घटना लेके हल्ला मचावे लागल। अब फरार जैतुआ के पकड़े लागी पुलिस पर दबाब बढ़ गेलक।

पुलिस जैतुआ के पता बतावे ला इनाम घोषित करलक एक लाख रुपैया के। ओकरा से जादे १० लाख रुपैया के बड़ा इनाम ओकर जानकारी के बदले घोषित

कर देलक हल उ मरे वाला लइका के परिवार वाला जे सब बहुत बड़का बेपारी हल। जैतुआ के भाई से जेल में मिले के बाद भागू के मानसिक हालत में बहुत कुछ सुधार चुकल हल। इ समाचार सुने के बाद मुरारी के हालत जादे खराब हो गेल। ओकरा डर समा गेल हल कि कहीं भागू ओकरो नाम न उगल दे कि उ डकैती के मुख्य सरगना मुरारीये हल। मुरारी सपनो में न सोचलक हल कि ओकरा अइसनो दिन देखे पड़त।

भागू आउ जैतु के केस लरल आउ दुनो के बचावे के कोशिश करल मुरारी के मजबूरी हो गेलक। अदालत में सरकारी वकील जैतु के पकड़े खातिर जोरदार दलील देवित हल। ओकर दलील पर जैतु के पकड़ाये से पहिले भागू के जमानत देवे से साफ मना कर देलक। अपन मूर्खता में भागू मुरारी के बता देलक कि जैतुआ के पकड़ना असम्भवे है। उ अइसन जगह छिपल हे जहां पुलिस पहुंचिए न पयतक।

मुरारी के जैसे तत्काल अमरित मिल गेल। उ अदालत में दलील देलक कि भागू गलतफहमी में जैतु के साथ बैंक में चल गेल हल। ओकरा एहो मालूम न हल के जैतु लूटे के लेल बैंक में गेल हल आउ ओकरा पास कट्टा भी है। भागू के लगल हल कि जैतु शहर जाइत है आउ खेती के लेल खाद बीज ख़रीदेला साथ हो गेल हल। सी० सी० टी० वी० कैमरा इया बैंक में कउनो लोग के बनावल वीडियो में अइसने तस्वीर देखाइ पड़ित हे कि भागू कउनो काम में भागीदार न हल। दलील तs जोरदार हल बाकि सरकारी वकीलो पूरे तैयारी में आयल हल दुनो के इतिहास लेकs। एकर अलावे जज पर सामाजिक दबाब बनल हल जेकरा कारण से जज साहब मुरारी के दलील के ख़ारिज कर देलन हल।

अचानक मुरारी के लगलक कि ओखनी से बदला लेवे के बढ़िया मौका है। उ भागू से मिले जेल में पहुँचल आउ ओकरा से कहलक, "अब तोरा बचा पाना सम्भव न है। जैतुआ अगर फरार रहत त जिन्दा रहत न तs फांसी पक्का है। सरकारी वकील के साथ-साथ उ लइकवा के घर वाला महंगा से महंगा वकील ले आवत। तोहरो फांसिये मान। बहुत करबउ तs उम्रकैद में तब्दील हो जयतउ। हमर नाम कहूँ न लिहे, हम तोहर लइकन के देखभाल कर देबउ।"

भागू फफक-फफक के रोवे लागल कि उ कहियो इ सब में परला न चाहित हल। उ छोटके चोरी-पाकिटमारी में खुश हल। मुरारी पता कर लेलक हल कि उ अखनी तक जैतुआ के भाइयो के न बतयलक हल मुरारी के बारे में।

मुरारी अपन उस्तादी हाथ मारलक आउ कहलक कि एक रास्ता है सजा कम करावे के कि उ सरकारी गवाह बनके जैतुआ के पता पुलिस के बता दे। भागू अपने मन में सोचलक कि उ कहियो धोखा बाजी न करत। उ खुदो अइसन करल नs

चाहs हे आउ जैतुआ ओकरा कहियो माफ़ न करत इ ला।

मुरारी ओकर भाई बनके समझैलन कि अगर जैतुआ नहिये पकड़ायत तs डर कौन बात के। अगर तोरा अभियो शक हे तs हमरा बताओ ओकर नंबर आउ पता। हम जाके पूछ लेम कि ओकरा कोई शिकायत तs न हे। भागू एक बेर फिर बुरबक बन गेल आउ बता देलक मोबाइल नंबर जे एगो फ़र्ज़ी नाम पर लेल हल आउ छिपे के जगह।

मुरारी के पहिला पत्ता एकदम निशाना पर गिरल। उ साँझ में पब्लिक बूथ से जैतुआ के फोन करलक आउ बतैलक कि भागू कल अदालत में जैतु के पूरा दोसी बनावे आउ सरकारी गवाह बनके पता बतावे जायत। एकरा से तs उ छूट जायत बाकि तोरा गर्दन पर फांसी के फंदा लटक जायत। बड़ा समझइली हल ओकरा के बाकी उ मन बना चुकल हे। कइसे-कइसे कह सुन के तोहर नंबर लेली हे तोरा बतावेला।

जैतुआ के गुस्सा आसमान छूइत हल जेकरा से उ गाली बके लागल। अपना योजना के अनुसार मुरारी रोवे के नाटक कर के ओकर गुस्सा के आउ बढ़ा देलक। गुस्सा के कारण जैतु के दिमाग काम न करइत हल सिवाय चिल्लावे के। मुरारी दोसर पासा फेंकलक कि अभिये एगो विचार आयल हे। यदि भागू आज जैतु ला न सोचित हे तs उ काहे सोचत। आखिर उ गोलियो चलयलक हल भागू के बचावही ला नs। अब भाईचारा के समय न हे। यदि जैतु के भाई जेले में भागू के हमेशा के लेल सुला दे तs उ बयानबाजी न कर पावत। जैतु बहुत जादे प्रतिक्रिया तs न देलक बाकी कहलक कि पहिले उ अपन भाई के कहल चाहित हे कि उ भागू के समझावे। उ मुरारी से कहलक कि कल जाके ओकर भाई से कहे कि उ भागू के समझाये। मुरारी अपन दोसर पत्ता फेकलक कि कल तक तs देर हो जतवs। तोहर केस सबसे उपर चलित हवs सुनवाइ ला। भागू कल्हे पहली पाली में सब बोल देतवs। जे करेला हे से आजे रत भर में। जैतुआ तनी संसय में हल। मुरारी के दोसर पत्ता भी निशाने पर गिरल। जैतु पुछलक कि इ बात रात में कइसे होतइ। मुरारी कहलक कि अपन भाई के सम्बोधित करित कहेला कि भागू के समझावे आउ न माने तs राते में मार दे। हम मोबाइल में रिकॉर्ड करके जा ही तोहर भाई के सुनावे। जैतुआ संकित तs हल बाकी मुरारी के झांसा में पड़ गेल। ओकर मिठगर बोली पर तैयार हो गेल आउ ओइसही बोल देलक जइसन सिखावल गेल हल।

मुरारी के एगो चचेरा भाई दोसर जिला में सिपाही हल। उ दिन मुरारी भागू से मिले के बाद आउ जैतु के फोन करे के पहिले ओकरे से जोगाड़ भिड़ावे में हल, रात में एगो कैदी से मिले ला आउ अपन मोबाइल फोन साथे ले जायेला। मुरारी के अपन

यारी काम आयल आउ उ पहिलही जोगाड़ कर देलक हल।

रात में मुरारी जेल में पहुंचल आउ जैतु के भाई से मिलके ओकरा बतयलक की जैतु के चेहरा पर से तनी समय के लेल रुमाल उतर गेल हल जेकरा से वीडियो में ओकर चेहरा तs देखाई पड़ित है बाकि ओकरा साबित करल जा सकs हे कि उ जैतु न हे बल्कि ओकरे जइसन देखाई पड़ेवाला कउनो दूसर हे। मौका के असली गवाह भागू हे जे घटना से जोरs हे जैतु के, आउ भागू कल्हे अदालत में बयान देवे वाला हे कि जैतुआ ओकरा जबरदस्ती खींच के बैंक के ले गेल हल। एही से जैतु चाहs हे कि तू ओकरा आज रात जेले में मार दs। जैतुआ के भाई आश्चर्य में पड़ गेल आउ इ बात माने ला तइयार न हल। मुरारी मोबाइल के रेकर्ड कैल आवाज़ सुना देलक बाकि बाद के आधा जेमे खाली मारे के बात हल। आवाज सुन के उहो आधा मन से मान गेल हल। मुरारी के चचेरा भाई के उ जेल वाला दोस्त बहुत दिन से परमोसन के इंतजार में हल। ओकरा भी टिप देवल गेल कि यदि रात में कोई घटना होत तs हत्यारा के ऊपर उ गोली चलाके वाहवाही के मौका उठा ले।

जब लालच आउ डर के मिलावट बुरा नियत से होवs हे तs कुछो अच्छा होइये न सकs हे। जैतुआ के भाई बहुत दिन से जेल में हल। उ जुगाड़ बैठा के रात में भागू के जान से मार देलक आउ सिपाही ओकरो गोली मार देलक।

अगिला दिन जबही मुरारी के जेल में घटल घटना के समाचार मिलल तs अब उ तीसरा पत्ता फेकलक। मुरारी उ लइकवा जे बैंक में मारल गेल हल, के पापा के फोन करके कहलक कि उ एगो मुखबिरी करे वाला आदमी हे आउ ओकरा पास जैतुआ के पता हे बाकि उ इनाम के नगद पइसा मिले के बाद बतैतक। उ आदमी के पइसा देवे में तो कोई हिचक न हल बाकि ओकरा पास एगो ठगी वाला फ़ोन आ चुकल हल जे कारण से उ पहिले भरोसा चाहित हल। अंत में तय होलक कि मुरारी अपन गाड़ी में एगो तय जगह इंतज़ार करत आउ उ आदमी दोसर गाड़ी से उहाँ पहुंचतन आउ फेर मुरारी उनका पता वाला जगह पर लेके जायत। यदि जैतुआ पकराएत तs उ आदमी मुरारी के हाथो हाथ पइसा दे देत। मुरारी अपना पहचान बतावल न चाहित हल बाकि बिना पइसा लेले बतानाइ आउ इ भरोसा करनाइ कि पइसा बाद में मिल जायत बिल्कुल संदेहात्मक हल। तइयो मुरारी दिल मजबूत करके चल देलक।

तय जगह पर दस गाड़ी भरके पहुँचलक लइकवा तरफ के लोग। मुरारी डरल हलक कि कहीं उ लोग ओकरो न नुकसान पहुँचावे, से उ अपन मुंह पर रुमाल बांध लेलक। उ वेपारी मुरारी के पास अयलक आउ हाथ जोर के रोवित बोललक कि इ बहुत संवेनशील मुद्दा हो गेल हे। यदि तू झूठ बोलित हs तs अभिये लौट जा

बोल के। मुरारी के भरोसा जागल आउ कहलक कि जानकारी सौ फीसदी सच हे। उ वेपारी पांच लाख रुपैया से भरल झोला मुरारी के पकड़ा देलक आउ बाकी रकम हुआ पहुंच के देवे के बात कयलक।

भागू जे पता बतावल हल ओकरा अनुसार गांव के बाद बधार हल जेकरा से होइत सरकारी कागज़ पर एगो चौड़ा सड़क बनेला हल। जहिया सड़क बने के घोषणा होलक हल, उनकर दादा वही जगह घर बनवा लेलन हल। उ समय सभे अमीर लोग अइसने करऽ हलन। सड़क के घोषणा भर रह गेल आउ उ घर भूत बंगला बन गेल जहां कहियो कउनो रहे न गेलन। बाद में हल्ला हो गेलक कि उ घर में सचमुच भूत रहऽ हे। उ जमीन कउनो जमाना में मुरारी के दादा लोग के हल जे हथिया लेल गेल हल। भागू के कहला के मोताबिक उ दुनो चोर भाई के छिपे के अड्डा हल। गांव के आदमियन के बीच भूत रहे के कहानी प्रसिद्ध हल आउ गांव के बाहर के आदमी जानबो न करइत हल ओकरा बारे में।

जब गाड़ी उ भूत बंगला के नजदीक पहुँचल तऽ दूरे से बुझा गेल कि एगो आदमी बालकनी में बैठकऽ दारू पीयइत हल। मुरारी के एही डर समा गेल हल कि भागू के बतयला पर उ आ तऽ गेल बाकि हियां जैतु न मिलल तऽ का हो सकऽ हे काहे कि उ पहिले आके देखलक न हल आउ वेपारी ढेर आदमी लेके आयल हल। अप्पन योजना में ओकरा खाली खामिये देखाइ पड़ित हल।

मुरारी एही सब सोचे में खोयल हल कि जोर के आवाज से ओकरा होश अयलक। ओकर गाड़ी के दरवाजा एगो भरल बैग से टकरायल हल। उ वेपारी अपन गाड़िये से चिल्लाइत हल, बैग में पांच न बल्कि दस लाख रुपैया हे। उ सब रख ले, दस लाख हत्यारा के पता बतावे के आउ पांच लाख आगे के घटना केकरो न बतावे के। मुरारी डर के मारे सुन्न पड़िल हल। उ गड़िये में बइठले-बइठले कैसेहु बैग उठयलक आउ उल्टा दिशा में चल देलक डरित-डरित। जैसेही ओकर गाड़ी तनी आगे बढ़लक कि पीछे से तरा-तर गोली चले के आवाज अयलक।

अब मुरारी के हर पल मुश्किल से कटित हल। यदि कहीं जैतुआ बच के भाग जाये तऽ उ आसानी से समझ लेतक कि हमर हाथ हे इ सब में इया कहीं इ वेपारी बाद में ओकरा अपन रास्ता से हटा न दे अपन करनी लुकावे ला। बड़ी सोचे के बाद एगो विचार आयल कि पहिले अपन परिवार के निकालल जाये अपन घर से काहे कि जैतुआ बच के भागे में सफल हो जायत तऽ उ बदला लेवे घर पर जायत। रास्ता में अपन चचेरा भाई जे पुलिस में हल, से मदद मांगे के सोचल बाकि ओकर दिमाग में इ न आयल कि ओकरा बतावे का कह के।

फिर से गाड़ी खड़ा करके मुरारी सोचे लगलक कि इ सब बात ओकर दिमाग में पहिले काहे न अयलक हल कि ओकर मोबाइल फोन के घंटी बजे लगल। मुरारी देखलक कि पुलिस इंस्पेक्टर के फोन हल। मुरारी के इतना डर आज से पहिले कहियो न लगल हल। बड़ा मुश्किल से हाथ के आदेश देलक फ़ोन उठावे लागी। पुलिस इंस्पेक्टर बोललक कि इ नैतिक कॉल है, तोहर मुवकिल भागू के बाद दुसरका गुनहगार जैतुओ पुलिस मुठभेड़ में मार गिरावल गेल हे।

मुरारी के लगल कि महीना भर के रेगिस्तान में भटकइट प्यासल आदमी के पानी के एक बून्द मिलल। उ सोचित हल कि यदि वेपारी से ओइजे पूछ लेती कि आगे के का प्लान हे तऽ एतना तनाव न होइत। अब तऽ हम आजाद ही। वेपारी इ सब घटना पुलिस से करवाइलक हे, उ दस गो गाड़ी में पुलिसो हल आउ सम्भवतः मुंह ढंकल काम अयलक आउ नहिये पहचानलक न तऽ जैतुआ के वकील के भरोसे कइसे अयतक हल। अब हमर सब बदला पूरा हो गेलक आउ हाथ में पंद्रह लाख रूपइयो अयलक। सब बढिये रहल।

मुरारी पूरा स्पीड में अपन गाड़ी के भगावित हल अपन घर के ओर। अचानक ओकरा लगल कि सड़क पर गाड़ी के आगे उजर रंग के कउनो जानवर आ गेल। उ एकबैग गाड़ी के घुमैलक आउ गाड़ी एगो बड़का पेड़ से टकरा गेल आउ मुरारी के माथा बड़ी जोर से पटकायल स्टेरिंग पर। बड़ी देर बाद ओकरा होश आयल जब उहे वेपारी आउ दोसर लोग ओकरा गाड़ी से खींच के बाहर निकाललक। ओकरा पइसा वाला बैगो देखाइ पड़ल आउ सब पहचानो हो चुकल हल। फेर से बेहोश होवे से पहिले आखिर बात सुनलक कि एकरा पहिले से पता हल जैतुआ के लुकाय के जगह आउ पइसा लेके बतयलक है ओकरा बारे में बड़ी नीच आदमी है इ।

पुलिस इंस्पेक्टर जेकर आवाज फोन पर सुनाइ पड़ल हल, बोललक कि एकरा मरे ला छोड़ दऽ काहे कि इ जानऽ है मुठभेड़ के सच्चाई। ओकर नब्ज़ टटोल के सब लोग चल देलक पइसा वाला बैग लेके।

मुरारी पूरा दम लगाके चिललैलक कि उ कइसे नीच है। ओकरा मरेला सड़क पर छोड़ जाय वाला कइसन आदमी होलक। उ भले पइसा के लालच करलक बाकि आउ कउनो नीचता काम न कयलक है। हमरा लेले चलऽ अस्पताल, हम केकरो कुछो न कहम।

फेर मुरारी के लगलक कि बैंक में मरे वाला लइका ओकरा पीछे से पीठ थपथपैलक आउ कहलक कि अब देर हो चुकलवऽ है, तोहर बात अब कोई न सुनतवऽ। तोहर नीचता सबसे बड़ा हल। तूहीं तऽ योजना के शुरुआत कइलऽ आउ हम मारल गेली। तोहरा प्रतिशोध अपन भाई से हल, हमरा से नऽ। बुड़ा कर्म करबऽ

त फलो ओइसने मिलतवऽ।

12

भाग्यवान कउन

शहर के एगो व्यस्ततम सड़क जेकरा पर हरेक दिन लाखो लोग गुजरित हथ। सड़क के एक तरफ चहारदीवारी हे जेकरा पर गगनचुम्बी अट्टालिकाओ के पंक्ति बद्ध आवासीय परिसर हल जेकर लम्बाई करीबन एक किलोमीटर आउ चौड़ाई आधा किलोमीटर होत। परिसर में धन्ना सेठ, उचका पद पर नौकरी वाला कर्मचारी आउ ऑफिसर सब रहs हलन। ओही परिसर में एगो आवासीय पब्लिक इस्कूल हल। नाम से तs उ पब्लिक इस्कूल हल बाकि उ इस्कूल में नामांकन बड़के घर के लइकन के होवs हल।

सड़क के दोसर तरफ तनी चौरगर चाट हल जेकरा में हज़ारो झुग्गी झोपड़ी हल जेकरा में पूरे शहर के सफाई करे वाला कर्मचारी, भूमिहीन लोग, दोसर राज्य से आकs मजदूरी करे वाला लोग आउ भिखरियन के आश्रय हल। झोपड़ियो अइसन जेकरा में छप्पर से सूरज के घामा से राहत तs मिलित रहs हल बाकि बरसात में पानी टपकित रहs हल आउ ओकरा में रहे वाला लोगन के चिमकी ओढ़के बइठल रहे पड़ित हल। सरकारी किरपा से झुग्गी में एगो सरकारी इस्कूल हल जेकरा में एगो खपरैल कमरा हल, जेकरा में मास्टर साहेब के बइठे खातिर एगो लकड़ी के कुर्सी आउ बही रखेला एगो लकड़िये के टूल हल।

एक तरफ महल में जादे पइसा वाला आउ आलीशान जिनगी जिये वाला लोग रहs हलन। ई तरफ हरेक घर के आगे कार इया कम से कम एगो मोटर साईकिल जरूरे लगल रहs हल जेकरा से उ घर के लोग आवल जावल करs हलन। दोसर तरफ झुग्गी बस्ती में दू चार गो जे सफाई करे वाला सरकारी कर्मचारी हलन उनका पास पुरान साईकिल हल आउ बाकि लोग के पैदले चलना मजबूरी हल।

पब्लिक इस्कूल के सलाना फीस लाख में होबs हल। ओकर बावजूद उ इस्कूल में नाम लिखावे वाला छात्र के भीड़ उमड़ित हल। इस्कूल के हर कमरा बड़ा बड़ा आउ शानदार बनल हल आउ हरेक कमरा इया कहल जाय तs पूरे इस्कूल में ए० सी० आउ सी० सी० टी० भी० कैमरा लगल हल। इ इस्कूल में नाम लिखावे ला पहिले नामांकन फारम भरे पड़ित हल। फेर उ सब आवेदन के छाँटल जा हल आउ आर्थिक इस्थिति से मजबूत परिवार के छात्र के आवेदन पर विचार करल जा हल। फेर आवेदक के मामूली परीक्षा लेवल जा हल आउ फिर माय बाप के साक्षात्कार लेबल जा हल। जे छात्र के माय बाप फर्राटा से अंग्रेजी बोल सकs हलन आउ गणित मजबूत होवs हल, ओकरे सब के नामांकन के खातिर चुनल जा हल आउ साल भर के फीस जमा कराके नामांकन करल जा हल। अधिकांश अभिभावक अपन बच्चा के अपन गाड़ी से इस्कूल पहुंचावल करs हलन आउ छुट्टी के समय गाड़ी लेके इस्कूल के चहारदीवारी के बाहर सड़क पर प्रतीक्षा करs हलन। जेकरा परिवार में छात्र के इस्कूल पहुंचावे के व्यवस्था न हल इया समय न हल, ओइसन छात्र के लेल इस्कूल बस चलित हल। छात्रावास में रहे वाला के लेल इ संकट न होबs हल।

दोसर तरफ के बस्ती में कुछ परिवार के तs दुनो जून के खाना मयस्सर हो जा हल बाकि परिवार के लोग के दिन में एको बेर खाना मिल जाय तs बड़ा खुश होबs हलन। लइकन के पढ़ाई के बारे में सोचे के न तs समय मिलs हल आउ न जरूरते बुझा हल। इस्कूल के मास्टर साहेब के अपन दरमाहा के फिकिर हल से उ घर-घर घूमs हलन आउ ओइसन लइकन के जुटावs हलन जेकरा पास अपना शरीर के प्राइवेट पार्ट के ढके भर कपड़ा होबs हल आउ सबके पकड़ के इस्कूल ले जा हलन। इस्कूल में पहिला से पचमा किलास तक पढ़ावे के मंजूरी हल आउ एगो मास्टर साहेब, से पढ़ैयतन की खाक। खाली गिनती आउ पहाड़ा बोलवावित रहs हलन। इस्कूल में लइकन ला दूपहर में खाना के व्यवस्था हल से लइकन सब खाना खाये तक इस्कूल में टिकल रहs हल आउ खाना खाइते सब ले कबड्डी।

महल तरफ के मुहल्ला में कउनो बच्चा के जलम होवs हल तs पूरे मोहल्ला में खुशी मनावल जा हल। डी० जे० बजावल जा हल, पटाखा छोड़ल जा हल। पूरे मोहल्ला के चकमक बिजली से सजावल जा हल आउ पूरे मोहल्ले के भोज खियावल जा हल जबकि झुग्गी बस्ती में कउनो घर में बच्चा जलम ले हल तs उ घर वाला खुशी मनावल करs हल अपना फुटल थरिया पीटकs आउ सड़क किनारे नाचकूदकs।

प्रवचन कर्ता साधु संत के कहना है कि जे पूर्व जन्म में सत्कर्म, परोपकार आदि सबमें रहs है उ अपन कर्मफल लेके अम्बानी जइसन परिवार में जलम लेहे उ

भाग्यवान होवs हे आउ ओकरा जलम के समय से ही सब तरह के सुविधा मिलित रहs हे आउ जेकर पूर्व जलम में कर्म खराब रहs हे ओकर जलम दीनहीन हरिजन परिवार में होवs हे जन्मकाल से अंत तक अभावे में जियs है।

अब प्रश्न उठित हे कि भाग्यवान कउन हे। उ लोग जे दिनभर अपना सम्पति बढ़ावे के खातिर चिंता में डूबल रहs हथ, हजार से लखपति, लखपति से करोड़पति बने के ख्वाहिश में लगल रहs हथ आउ रातभर अपन सम्पति के चोर-डकैत से रक्षा करे लागी रतजगा करs हथ। इनका सबके चौबीस घंटा में एकाध घड़ी पलक झपक जाये तs बड़ी राहत होबs हे, कहे के मतलब कि चौबीसो घंटा में एको पल चैन के नींद ले न सकs हथ। इया उ झुग्गी में रहे वाला जेकरा रात में कुछो खायला मिल जाय बाकि भविष्य के चिंता इया कहीं तs अगिला बार कुछो खायला मिलत कि न, के चिंता से मुक्त बेखबर, बेख़ौफ़ सपरिवार चैन के नींद सूतs हथ। इया उ महानुभाव जे देश के सत्ता के उच्चस्थ पद पर सुशोभित हथ आउ जिनका पर देश के एक करोड़ रुपिया से भी ज्यादा गरीब जनता के पइसा खर्च करल जाहे। इया उ संत, साधु प्रवचनकर्ता जिनकर आश्रम के नाम पर बीघों जमीन पर शानदार महल बनल है आउ जे भोला भाला लोग के धर्म के नाम पर मानसिक शोषण करs हथ आउ सम्पति के अम्बार लगैले जा हथ आदि, आदि। आर्थिक इया सामाजिक इस्थिति से मध्यम वर्गीय परिवार के लोग तs अपन परिवार के भोजन आउ भरण पोषण आउ अपन परिवार के इज्जत प्रतिष्ठा संजोये में अपन जिनगी बिता दे हथ।

इ प्रश्न के जबाब खोजेला हम उहे व्यस्ततम सड़क पर घटल एगो घटना पर ध्यान देवे के कोशिश करित ही। उ सड़क पर हरेक आदमी अपन-अपन गंतव्य के तरफ भागल जा हलन। उ लोग अपना धुन में एतना मगन हलन कि उनके साथे चले वाला आदमी उनकर परिचितो है, देखे के समय न है। उनका का पता कि सड़क किनारे का-का होबs है। अइसहु दोसर के चिंता करल बेकारे तs है।

ओहि व्यस्त सड़क के किनारे एगो जिन्दा लाश पड़ल हल। जिन्दा लाश हम कहित ही काहे कि इ पता न हल कि उ आदमी जिन्दा हल कि न। देखे से तs लाश लगित हल। देह पर गंदा फटल कपड़ा हल। ओकरा बगल में एगो दू हाथ के लाठी इया लकड़ी के टुकड़ा हल। ओहिजे एगो गंदा सन के झोला हल जेकरा में एगो कटोरा जइसन कउनो चीज बुझाइत हल। सड़क के किनार में चले वाला आदमी के भी नज़र ओकरा तरफ कइसहु पड़ जाये त उ कपड़ा से इया एक हाथ से अपन नाक मुंह ढक के जल्दी से निकल जा हल। अइसे त देखल जाहे कि अगर सामने कउनो मुरदा देखाई पड़ जाय चाहे उ अमीर के होबे इया गरीब के अधिकांश लोग

ओकरा हाथ जोड़कऽ इया माथा झुका के प्रणाम करित आगे बढ़ जा हथ। अगर सड़क किनारे कउनो लावारिस लाश पड़ल देखाई पड़ऽ हे तऽ कुछ भलमानस लोग लाश पर सिक्का फेंक दे हथ। सिक्का फेंके के का उद्देश्य है ओहि बता सकऽ हथ। बाकि हिंया पर ओइसन कुछो न होवित हल।

दूपहर बाद जब सूरज के गर्मी तेज हो गेल आउ पेड़ के छाया दोसर तरफ हो गेल तऽ अचानक उ पड़ल शरीर में कम्पन इया कुछ हरकत भेल। उ आदमी बड़ी कोशिश के बाद उठकऽ बैठ गेल। फेर एक हाथ झोला आउ दोसर हाथ से लाठी पकड़लक। फेर उ लाठी के सहारे बड़ा मुश्किल से खड़ा होलक तऽ ओकर आकृति एगो जिन्दा आदमीसन देखाई पड़े लगल। बड़ी कठिनाई से उ सड़क के किनारे एक तरफ टुघरे लागल। ओकर चले के ढंग से लगित हल कि उ भूख-पियास से तड़पित हल आउ ओतने चाल से आगे बढ़ित हल कि चीटियो ओकरा से आगे चल जयतक हल। उ अगल-बगल चले वाला आदमी के तरफ घूरित जरूर हल बाकि कुछो बोलित न हल। सभे यात्री अपना धुन में आगे बढ़ जा हलन। जेकरा नज़रो उ आदमी पर पड़ जाये तऽ उ मुंह घुमाके आगे निकल जा हलन।

उ आदमी इया कहल जाय तऽ उ भिखारी अपन टुटल लाठी के सहारे टुघरित-टुघरित एगो गेट में घुस गेल आउ फेर आगू बढ़कऽ एगो बड़का पचमंजिला मकान के सामने खड़ा हो गेल। कुछ देर खड़ा होला के बाद अपन ताक़तभर आवाज में बोललक, "मालिक, बड़ी भूख लगल है, कुछ खायला दे दऽ।"

ओहे गली से सात आठ गो लइकन जे शायद पब्लिक इस्कूल में पढ़ऽ होतक, गुजरित हल। भिखारी के आवाज के सुनके उ सबके ध्यान ओकर तरफ गेल तऽ सबके सब एके बेर चौंक गेल काहे कि ओकरा सामने एगो चमड़ा सहित नरकंकाल खड़ा हल। अचानक एगो लइका बोल पड़ल, "भूत।" दोसर लइका कहलक कि इ भूत न हो सकऽ हे काहे कि हमर दादी कहलक हल कि भूत के गोर जमीन पर न पड़ऽ हे। उ तऽ हवा में तैरित इया उड़ित चलऽ हे बाकि एकर गोर तऽ जमीन पर हे। उ लइकन में कई गो अपन इस्कूल के प्रयोगशाला में इया हड्डी वाला अस्पताल में नरकंकाल देखलक हल जे प्लास्टिक के बनल रहऽ हे जेकरा से आदमी के समूचे शरीर के हड्डी के देखावल जाहे। एगो लइका संग्रहालय में नरकंकाल देखलक हल जे आदमी के असली हड्डी से बनल हल आउ धातु के फ्रेम में फिट करल हल जेकरा में चमड़ा न हल बाकि सामने अइसन नरकंकाल खड़ा हल जे चमड़ा से ढकल हल। उत्सुकता वश सब लइकन एगो पेड़ के छाया में खड़ा होके देखे लागल। ओतना लइकन में कउनो एतना दुबइर पातर आदमी न देखलक हल काहे कि उ सब बड़का सभ्य सोसाइटी के रहे वाला हलन जे बाहर के दुनिया अभी तक देखलन न हल।

ओहि सब में एगो अइसनो लड़का हल जेकर आँख भर आयल हल आउ इ सोचे में बाध्य हो गेल हल कि आदमी के हालत अइसनो हो सकs है।

उ भिखारी एक बेर फेर अपन पूरा ताकत जुटाकs अपन सम्भव सबसे ऊँचा आवाज में पहिलके बात दोहरयलक। कउनो दिशा से ओकरा कउनो जबाब सुनाई नs पड़ल बाकि ओकरा आउ बाकि खड़ा सभे लड़कन के लगल कि मकान के सीढ़ी से चार पांच आदमी उतरित है। फेर सबके एगो भारी आवाज सुनाई पड़ल, "केतना दिन बाद कन्ने से ई मधुर संगीत सुनाई पड़लक है। उ महामानव के पास हमरा जल्दी ले चल जेकर आवाज एतना सुरीला है जे हमरा मन के झकझोर के रख देलक है।"

फेर सब लड़कन देखलक कि तीन गो पहलवान मिलके एगो मोटा आदमी के पकड़ले सीढ़ी पर नीचे उतारे के प्रयास करित हल। लड़कन सब टी॰ भी॰ पर सूमो पहलवान के देखलक हल बाकि पांच गो सूमो पहलवान के मिलाके एगो आदमी के कल्पना करल जायत तइयो उ आदमी भारिये पड़ित हल। तीनो पहलवान पसीना से लथपथ उ मोटा आदमी के टांगले नीचे उतार के भिखारी के सामने एगो बड़ा गो सोफा लाकs, सोफा पर बैठा देलक। लड़कन सब कभी भिखारी के तरफ तs कभी उ मोटा से सेठ के तरफ देखित हल आउ सोचेला बाध्य हल कि भगवान के रचना बड़ा विचित्र है।

उ मोटा आदमी भिखारी के तरफ देखके तनी मुस्कयलक। शायद ओकरा चेहरा पर वर्षों बाद तनीसा मुस्कुराहट आयल हल। फेर उ भिखारी से कहलक, "बोल तोरा का कहेला हउ।"

भिखारी साहस जुटा के कहलक, "मालिक, भूख से हमर जान निकलल चाहित है। तीन दिन से खायला कुछो न मिलल है। कुछो खिला दs।"

मोटा सेठ करीब अकचकाइत बोललक, "का कहले? भूख ! तोरा भूख लगल है आउ खायला रोटी-भात मांगित है। तोरा कइसे भूख लगित हउ ? ई बात सुनला तs हमरा बरसों बीत गेल। फेर से बोल, बड़ा अच्छा लगित है।"

भिखारी के आँख से आंसू के धारा बह गेल। पता न एतना पानी ओकर देह में कहाँ टिकल हल। रोवित बड़ा करुण आवाज में बोल पड़ल, "मालिक साहेब, भूख से हमर अंतरी जरित है आउ प्यास से कंठ सूखल जाइत है। प्राणो कंठा में आके टिकल है। हमर ई दयनीय दशा आउ रोआइ भरल करुण वेदना में भी तोरा आनंद आवित है तs तू महान हs। तू धन्य हs जे तोरा सारा सांसारिक सुविधा प्राप्त है। तू बड़ी भाग्यवान हs जे भगवान तोरा सब चीज दे देलन है। हमरा उपहास उड़ावे से अच्छा होतव s कि हमरा खाना खिला दs। भगवान तोरा कल्याण करतन। हमरा

भूख से जादे तड़पावs न।"

अब मोटे सेठ के आँख में भी आंसू आ गेल आ बोले लागल, "तू ठीके कहित हे, हमरा पास सब कुछ हे। बड़का महल, पइसा, खाये पिये के सब सामान हे, नौकर चाकर हे। हमरा एक इशारा पर मिनटो में कइसनो पकवान बनाके हमरा सामने आ जायत। रोज रसोइया पुछित रहs हे कि आज का बनाई साहेब बाकि अब हमरा पास कोई इच्छा बचल न हे। खाना के तरफ देखे के मन न करs हे। पानी इया कउनो पेय देखकs उबकाई आवित हे। हमरा लागी सब कुछ बेकार हे काहे कि हमरा पास भूख न हे। तू सचमुच भाग्यवान हे काहे कि तोरा पास भूख हे, खाये के भूख, जीये के भूख।"

भिखारी के अब खड़ा होयल न जाइत हल से लाठी के सहारा लेके कइसहूँ बैठ गेल। मोटा सेठ बोलते जाइत हल, "तोरा पास रोटी के भूख हे, पानी पिये के पियास हे जे मिल सकs हे आसानी से इया मेहनत करे से बाकि हमरा भूख के भूख हे जे मिलना असम्भव हे। तू सचमुच भाग्यवान हे।"

अब उ भिखारी के उ मोटा सेठ से इया कउनो दोसरा से खायला मिलल कि नs, उ भिखारी जिन्दा बचलो हे कि नs, कहल न जा सकs हे, ई सब हमरा इया उ सब लइकन के लागी जाने के उत्सुकता न हल। सब इहे जानल चाहित हल कि आखिर भाग्यवान कउन हे। हमरा समझ में तs कुछो न आयल बाकि अपने सभे पाठक बता सकs ही इ प्रश्न के उतर।

लेखक के परिचय

डॉ० चंदेश्वर सिंह के जन्म १५ जनवरी १९५२ में बिहार राज्य के समस्तीपुर जिला के ताजपुर प्रखंड के फतेहपुर गांव में भेल। १९७८ में बिहार विश्वविद्यालय मुजफ्फरपुर से एम० एस-सी० पास कयला के उपरान्त जनवरी १९७९ से पी० एन० के० कॉलेज, अछुआ (पटना) में गणित विभाग में संस्थापक/व्याख्याता पद पर कार्यरत हलन। १९९५ से जून २००३ तक पी० एन० के० कॉलेज के प्रधानाचार्य पद पर कार्यरत हलन। जुलाई २००३ में भागलपुर विश्वविद्यालय के अंगीभूत कॉलेज, के० एस० एस० कॉलेज लखीसराय में गणित विभाग में व्याख्याता के पद पर नियुक्त होलन आउ जनवरी २०१७ में एसोसिएट प्रोफेसर के रूप में सेवा निवृत होलन।

अछुआ (पटना) में रहे के समय मगही साहित्य सेवा से जुड़ गेलन। अछुआ में रहते इनकर कहानी "आदमी बड़ा इया देवता" आउ "भाग्यवान कउन" प्रकाशित होल हल। ‘तितकी’ हाइकू संकलन में इनकर हाइकू संकलित हे। सेवानिवृति के बाद एक बेर फेर से साहित्य में अभिरुचि जागिल जेकर परिणाम हे इ प्रकाशित कहानी संग्रह "गुच्छा"।